Fligier

Zur prähistorischen Ethnologie Italiens

Antigonos

Fligier

Zur prähistorischen Ethnologie Italiens

Unveränderter Nachdruck der Originalausgabe von 1877.

1. Auflage 2024 | ISBN: 978-3-38646-033-0

Antigonos Verlag ist ein Imprint der Outlook Verlagsgesellschaft mbH.

Verlag: Outlook Verlag GmbH, Zeilweg 44, 60439 Frankfurt, Deutschland info@outlook-verlag.de
Vertretungsberechtigt: E. Roepke, Zeilweg 44, 60439 Frankfurt, Deutschland
Druck: Libri Plureos GmbH, Friedensallee 273, 22763 Hamburg, Deutschland

ZUR

PRAEHISTORISCHEN ETHNOLOGIE

ITALIENS.

VON

DR. FLIGIER.

WIEN, 1877.

ALFRED HÖLDER

K. K. HOF- UND UNIVERSITÄTS-BUCHHÄNDLER

ROTHENTHURMSTRASSE 15.

VORREDE.

Der grossartige Aufschwung, welchen in unseren Tagen die praehistorischen und anthropologischen Forschungen genommen haben, hat die Vertreter verschiedenartiger, wissenschaftlicher Disciplinen zum gemeinsamen Streben vereinigt, um dem Ursprung des Menschen, dem Alter seiner Existenz und seiner Cultur nachzuspüren.

Anfangs waren es besonders die Naturvölker, die vermöge ihrer vermeintlichen näheren Verwandtschaft mit den Anthropoiden von den Anthropologen ganz besonders bevorzugt wurden. Der Archäologie ist es besonders zu verdanken, dass auch die Culturvölker des Alterthums in den Kreis anthropologischer Forschungen gezogen wurden.

Ueber die älteste Bevölkerung Griechenlands und Italiens finden sich in den classischen Schriftstellern recht werthvolle Nachrichten, die von den Philologen oft missdeutet, oft auch als unbrauchbar bei Seite geschoben worden sind.

So wie man sich damit begnügte, in Hellas nur eine hellenische Bevölkerung anzuerkennen, so hat man in Italien im Gegensatz zu Niebuhr nur die Etrusker und die umbro-sabellischen Völker berücksichtigt. Eine Ausnahme hiervon hat Helbig in seinen Studien über die japygische Bevölkerung gemacht.

Die glänzenden Fortschritte, welche in Italien die archäologischen und anthropologischen Forschungen gemacht haben,

führten zu der Ueberzeugung, dass es schon jetzt an der Zeit sei,
die gewonnenen archäologischen und craniologischen Resultate mit
der historischen Forschung in Verbindung zu bringen.

Und wirklich fand ich, dass die Nachrichten der alten Schriftsteller, so unklar sie oft erscheinen mögen, durch die archäologischen
und craniologischen Untersuchungen vollständig bestätigt werden.

Freilich bin ich nur zu sehr überzeugt, dass die praehistorische
Ethnologie Italiens damit nicht abgeschlossen erscheint.

Ich habe wohl nicht nöthig zu versichern, dass jede Berichti-
gung bringende Kritik mir im Interesse meiner Schrift erwünscht ist.
Ich bin ihrer Mängel nur zu sehr bewusst, wage indessen zu hoffen,
dass sie Freunden anthropologischer und ethnologischer Forschungen
nicht unwillkommen sein wird.

WIEN, am 10. April 1877.

Cornelius Fligier.

Oggi di mille popoli
sugli obbliati avelli
passeggia un altro popolo.

Borghi, inni sacri.

I.

Die praehistorischen Forschungen haben schon jetzt festgestellt, dass das Erscheinen des Menschen in Europa in eine Zeit hinaufgerückt werden muss, von der sich keine Tradition erhalten konnte. Zu den ältesten Sitzen desselben gehört auch Italien.

Im Jahre 1852 wurde bei Savona im Mergel, der auf Felsenschiefer gelagert war, in einer Tiefe von 3 Metern, mit fossilen Resten von Ostrea cochlear, einigen Pecten und Kohlenstückchen, ein Menschenskelet von kleiner Statur, kleinem Kopf und dünnen Extremitäten gefunden, der nach den Untersuchungen Prof. Issel's[1] in Genua der Tertiärzeit angehören soll. Wenn nun auch das hohe Alter dieses Fundes von Hamy und Quatrefages bezweifelt worden ist, wie überhaupt Funde aus der Tertiärzeit noch immer von problematischem Werthe sind, so müssen wir darauf hinweisen, dass der Anthropolit von Savona wirklich einer niederen Menschenrace angehört und schon dadurch sein hohes Alter documentirt.

In der Anthropologie steht er wohl einzig da. Die osteologischen Charaktere sind so anormal und so verschieden von denen der lebenden Racen, dass man auf den ersten Blick wohl zweifeln könnte, ob sie wirklich dem Menschen angehören.

Ein ähnlicher Fund wie in Savona ist von Pellegrini in Rivole im Veronesischen gemacht worden. Die Form des Schädels ist dolichokephal und etwas prognath. Die Glieder sind ausserordentlich klein, so dass schon jetzt einige italienische Anthropologen praehistorische Semipygmäen annehmen.

---

[1] Issel: L'uomo preistorico in Italia, considerato principalmente dal punto di vista paleontologico. Unione Tip. — Editrice Torinese. p. 739.

1*

Dass der Mensch während des Diluviums in Italien existirte beweisen Waffen und Werkzeuge aus Stein, die in diluvialen Ablagerungen mit Resten von Elephas antiquus, meridionalis, primigenius gefunden werden.[1]) Die Erniedrigung der Temperatur hat einen Theil der diluvialen Fauna vernichtet, der Mensch hat dagegen die Eiszeit überdauert und sein Geschlecht unter veränderten Temperaturverhältnissen fortgesetzt. Die Gletscher, welche massenhaft das Apenninengebirge überdeckten, begannen aufzuthauen, in Folge dessen ergossen sich gewaltige Ströme in die Ebenen, vor denen der Mensch wiederum Schutz suchen musste. Ein Theil der Apenninen erhob sich aus den Fluten und das Meer trat aus den Ebenen Piemonts und der Lombardei immer mehr zurück. Die veränderte Gestaltung des italienischen Bodens, die mildere Temperatur haben neue Geschlechter herbeigelockt, von denen die Urracen vernichtet worden sind.

Noch andere Naturphänomene zeigten sich den erschreckten und erstaunten Blicken des Menschen. Der Vulcan des Monte Cavo in Latium war in voller Thätigkeit, als die grossen Flüsse der Quaternärzeit sich in's Mittelmeer ergossen. Oft geschah es, dass er zu erlöschen begann und dass die Menschen, kühner geworden, auf diesem Berge ihre Niederlassungen zu gründen begannen. Da geschah eine neue Eruption, die den hilflosen Menschen vernichtete. Unter vulcanischem Peperin sind auch wirklich menschliche Ansiedlungen gefunden worden. Auch in Süd-Etrurien, hauptsächlich um Bolsena findet sich vulcanischer Boden. Es ist erwiesen, dass der Mensch in der Quaternärzeit Zeuge der letzten Eruptionen des Vulcans von Bolsena gewesen ist.[2]) Aus dieser Zeit stammt der Schädel von Olmo. Derselbe ist in der Nähe Arezzo's, 15 Meter tief, in einem bläulichen Thone mit Resten von Elephas, Kohle, einer Pfeilspitze aus Kiesel gefunden worden. Er ist von enormer Grösse und hat nach Issel[3]) mit dem durch die Untersuchungen Virchow's berühmten Schädel von Engis in Belgien die grösste Aehnlichkeit.

Eine gewisse thierische Bildung haftet an diesem Schädel.[4]) Bemerkenswerth ist ferner die geringe Ausbildung des Schädelraumes. Das Gesicht muss bei den tiefliegenden Augen und der fast fehlenden

---

[1]) Nicolucci: Antichità dell' uomo nell' Italia centrale. Napoli 1868.

[2]) Gualterio: Delle armi trovate attorno al lago di Bolsena. Atti della società italiana di scienze naturali 1869.

[3]) Issel, p. 749.

[4]) Cocchi Igino: L'uomo fossile nell' Italia centrale. Studj paleoetnologici. Memorie della società italiana di scienze naturali. Tom. II. 7. p. 69.

Stirn einen überaus wilden Charakter gehabt haben. Quatrefages und Hamy[1]) haben ganz dieselbe Schädelbildung an mehreren quaternären Funden erkannt [2]), von denen der von Canstadt und vom Neanderthal die bekanntesten sind. Schaaffhausen bemerkt von dem letzteren, dass er eine geringe Entwickelung des Gehirnes, dagegen eine grosse körperliche Stärke gehabt habe.

Der Schädel von Olmo ist nicht der einzige Repräsentant dieses Typus in Italien. Zu derselben Race gehört ferner der Schädel von Monte Piombone (Provinz Viterbo).[3])

Auch die zweite Race aus der Quaternärzeit, die nach dem berühmten Funde von Cro-Magnon [4]) an der Dordogne, von Quatrefages die Cro-Magnon-Race genannt worden ist, hat in Italien gewohnt. Sowohl der Schädel von Isola del Liri, der von Nicolucci[5]) untersucht worden ist, als auch der aus der Höhle von Barma du

----

[1]) Quatrefages et Hamy, Crania ethnica: Les cranes des races humaines décrits et figurés d'après les collections du muséum d'histoire naturelle de Paris, de la société d'anthropologie de Paris et les principales collections de la France et de l'étranger. Paris 1873. 4°. p. 17.

[2]) Merkwürdig ist diese Schädelbildung insofern, dass sie bis jetzt nicht verschwunden ist, sondern im Gegentheil noch jetzt von Zeit zu Zeit bei verschiedenen Völkern, besonders bei den Engländern und Iren auftaucht, ein Beweis, dass die Urbevölkerung von der mittelländischen Race nicht gänzlich vernichtet worden ist. Ganz so gebildet erscheint der Schädel des letzten Königs von Irland O'Connor und des schottischen Helden Robert Bruce. Dieser Schädeltypus findet sich bei recenten Schädeln vorzüglich im nordwestlichen Europa vor. Die Urbevölkerung scheint von den Iberern und Liguren, die in neolithischer Zeit im westlichen Europa erschienen sind, dorthin verdrängt worden zu sein. Später sind ihnen die Iberer und Ligurer nach dem Nordwesten gefolgt. In den zahlreichen long barrows und gekämmerten Ganggräbern Englands, die nach dem häufigen Vorkommen von geschliffenen Steingeräthen und dem regelmässigen Fehlen der Bronce zu urtheilen, aus der neolithischen Zeit herrühren, ist eine Anzahl von Schädeln gefunden worden, die nach den Untersuchungen Brocas den Charakter der baskischen Bevölkerung besitzen. Hat ja noch Tacitus Agricola II. in den Siluren Britanniens einen iberischen Stamm erkannt. In Grossbritannien war es der Urbevölkerung nicht möglich, vor den vom Süden vordringenden Iberern und Ligurern zu entfliehen, und so ist es erklärlich, dass England die meisten Repräsentanten dieses Typus besitzt. Ausser dem bekannten Schädel des dänischen Edelmannes Kay Lykke, zeigt denselben Typus ein Ungar-Schädel von der Leiche eines Soldaten aus dem Jahre 1859, den F. von Luschan in den Mittheilungen der Wiener anthropologischen Gesellschaft, III. p. 161—172, beschrieben hat.

[3]) Issel, p. 755.

[4]) Lartet et Christy, Reliquiae Aquitaniae. London 1865/69.

[5]) Nicolucci: Archivio per l'antropologia e la etnologia. Firenze. 1871. p. 281.

Cavillou (oder Balzi Rossi) [1] gehören dem Cro-Magnon-Typus an. Diese Cro-Magnon-Menschen ernährten sich in Frankreich besonders vom Jagdbetriebe und vorzüglich wurde dem Rosse als Wildpret nachgestellt. Da die Knochen der Thiere keine Brandspuren zeigen, so wurde das Fleisch nach einer scharfsinnigen Vermuthung Peschel's [2] in wasserdicht geflochtenen Körben gesotten, wie es noch jetzt die Indianer Amerika's thun, die das Wasser durch glühende Steine erhitzen. Dass sie Zeitgenossen des Mammuth gewesen sind, zeigt ein Bild eines Mammuth, auf Knochen geritzt, aus der Höhle la Madelaine in Périgord. — Die Entscheidung darüber, ob die archäologischen Funde von Perugia [3] aus paläolithischer Zeit verwandten Ursprungs sind mit den Kieselgräbern von Abbeville und Amiens, die von Bucher de Perthes im Jahre 1847 mit Resten des Mammuth, Hippopotamos entdeckt worden sind, überlasse ich Archäologen von Fach.

Funde steinerner Waffen und Geräthe sind in der Nähe von Rom durch Ponzi gemacht worden, die der Quaternärzeit angehören. [4] Auch Sicilien ist an solchen Funden reich. [5]

Der Quaternärzeit wird noch der unter einem prächtigen Geweih eines Riesenhirsches (cervus euryceros) gefundene Schädel von Mezzana Corti beigezählt, jedoch sind einige nur allzu berechtigte Zweifel an seinem hohen Alter aufgetaucht, da er den reinsten ligurischen Typus darbietet. Er kann daher nicht Zeuge derjenigen Formation gewesen sein, in die er zufällig hineingerathen war.

Es ist somit erwiesen, dass der Mensch als Zeitgenosse des Mammuth, des Nilpferdes, des Rhinoceros u. s. w. Italien in der Quaternärzeit bewohnt und zwei verschiedenen Racen angehört hat, der von Engis und der von Cro-Magnon.

II.

Von den Alpen bis zu Calabrien's äusserster Spitze und in Sicilien sind Funde steinerner Waffen und Geräthe gemacht worden, die sich jetzt schon auf über 15.000 belaufen. Indessen sind Spuren einer wirklichen Steinperiode in Italien höchst selten. Geräthe aus Stein waren in der Broncezeit noch lange im Gebrauch,

---

[1] Issel, p. 781.

[2] Peschel: Völkerkunde. Leipzig 1874, p. 39.

[3] Bellucci: Avanzi dell' epoca preistorica nell' Umbria. Milano 1871.

[4] Issel, p. 756.

[5] Fr. Minà Palumbo: Paleoetnologia sicula. Rivista sicula. Palermo. 1869. p. 211.

hauptsächlich bei religiösen Gebräuchen, und es ist wohl sicher, dass die schönsten Steingeräthe aus der Broncezeit herrühren; solche sind die Werkzeuge aus Stein von Altavilla, Brendola, Treviso, Palese, Città nova. So war es auch in der Pfahlbautenzeit der oberitalienischen Seen. Wie in der Geologie die Uebergänge nicht plötzlich stattfanden, so ist es auch mit dem Uebergange von der Stein- zur Broncezeit. Der wirklichen Steinzeit gehören Funde aus den Höhlen Sardiniens an, die von Mantovani [1]) untersucht wurden.

Die heutigen Sarden nennen diese Höhlen die Begräbnissplätze der ältesten Bevölkerung. Sardinien würde bei der Ethnologie Italiens kaum berücksichtigt werden, wenn nicht ganz ähnliche Grotten auf der Insel Pantellaria, auf Pianosa und im Neapolitanischen am Berge Garganus gefunden worden wären. Das Wohnen in den Höhlen, das in der Quarternärzeit allgemein Sitte war, dauert in neolithischer Zeit weiter fort, das heisst in der Zeit, in welcher Flora, Fauna und das Klima nicht verschieden war von dem jetzigen.

In dieser Zeit hat der Mensch schon Fortschritte in der Cultur gemacht, denn er hat sich schon mit Töpferei beschäftigt und die Steine viel sorgsamer bearbeitet.

Es fehlt diesen Gegenständen indessen jegliche decorative Ornamentik, wie sie an den zahlreichen französischen Funden beobachtet wird.

Es unterliegt wohl keinem Zweifel, dass die Bevölkerung Oberitaliens mit der schweizerischen gleicher Abstammung gewesen ist. Die Stationen von Fimon [2]) und Castelnovo sind analog denen der Schweiz [3]). Auch an den schweizerischen Funden aus derselben Epoche ist das Fehlen jeglicher Ornamentik bemerkenswerth. Wie hier, so ist es auch ferner in Ligurien. Menschenknochen mit Steinwerkzeugen zusammen wurden in den Höhlen Liguriens gefunden. Dort sind Gegenstände von Bronce überhaupt sehr selten und gehören einer späteren Epoche an.

Auf der Insel Palmaria [4]), welche den südlichen Theil des Busens von Spezzia begrenzt, sind Menschenknochen, vermengt mit Thierknochen, gefunden worden, woraus hervorgeht, dass die italienische Urbevölkerung aus Kannibalen bestand. Die Anthropophagie

---

[1]) Bulletino di paleoetnologia italiana, anno II, Nr. 13 und 14.

[2]) Lioy: Le abitazioni lacustri di Fimon. Venezia 1876.

[3]) Auch Ferdinand Keller in Zürich ist der Ansicht, dass den ältesten Bewohnern der Pfahlbauten die Metalle unbekannt waren.

[4]) Capellini: Grotta dei Colombi à l'île Palmaria, golfe de la Spezzia, station de Cannibales, à l'époque de la Madeleine. Bologne 1873.

8

ist auch noch im Gebiete von Regio-Emilia von Chierici[1]) bestätigt worden. Auch dort fanden sich neben Thierresten, Knochen von ungefähr 18 menschlichen Individuen, unter denen mehrere kleinen Kindern angehört haben. Sämmtliche waren ohne Kopf. Nach einer Vermuthung Chierici's wurde der Kopf der Gottheit geopfert. Vielleicht hat sich in den Sagen von den Cyclopen eine Erinnerung an die Urbevölkerung erhalten. Bekannt ist in der Völkerkunde die Thatsache, dass sich die Völker die Urbevölkerung als Riesen vorstellen.

Welcher Race mag nun diese Bevölkerung Italiens und der benachbarten Schweiz angehört haben? War sie arischen oder nichtarischen Ursprungs?

Wir glauben mit Bestimmtheit behaupten zu können, dass sie nicht-arischen Ursprungs gewesen ist, denn die Metalle waren bereits den Aryern vor ihrer Trennung bekannt.

Sicher ist es, dass sie den Gebrauch des Goldes und des Silbers kannten (Benfey bei Fick: Wörterbuch der indogermanischen Sprache p. VIII). Ein drittes Metall: skr ayas, lat aes, goth ais, scheint nach einer Vermuthung Max Müller's, Kupfer bedeutet zu haben. — Das am meisten nach Süden vorgeschobene Volk Italiens muss auch das älteste sein.

In Sicilien nennen uns die Alten eine iberische Bevölkerung[2]), dorthin kann sie nur von späteren Einwanderern verdrängt worden sein.

Die Iberer sind somit nächst den an-arischen Ligurern das einzige historisch bekannte Volk, dem die Funde Italiens aus neolithischer Zeit zugezählt werden können.

Noch vor Kurzem war unter den Anthropologen die Ansicht verbreitet, dass Turanier Europa vor den Aryern besessen haben. Auch Nicolucci nächst Mantegazza der bedeutendste Anthropolog Italiens, theilt diese Ansicht. Die Untersuchungen Virchow's haben, wie wir glauben, diese Ansicht ein für allemal widerlegt. Später hat man nach dem Vorgange Nicolucci's[3]) die brachykephalen Ligurer als Urbevölkerung Italiens angenommen. Die ältesten Funde gehören aber gerade den Dolichokephalen an. Dass sich die Ligurer einstens über die ganze Apenninen-Halbinsel verbreitet haben, ist schon deswegen nicht anzunehmen, da die Dolichokephalie nach Süden immer mehr zunimmt. Sollten die Ligurer die Urbevölkerung

---

[1]) Issel, p 790.

[2]) Hekataios bei Steph. von Byz. Σικάνη; Thucyd. VI. 22; Avien Ora maritima 479 (Müllenhoff).

[3]) Nicolucci: La stirpe ligure in Italia ne 'tempi antichi e ne 'moderni. Napoli 1863.

Italiens sein, dann müsste im Süden die Bevölkerung brachykephal
sein. Es spricht auch der Umstand dagegen, dass in einer ligurischen
Höhle bei Finale gerade ein Langschädel gefunden wurde.[1]

III.

Mit dem Erscheinen der Aryer in Italien beginnt die Broncezeit, wenn auch noch immer vorwiegend Steingeräthe gebraucht
werden. Der ältesten Epoche gehören die zahlreichen Stationen des
See's von Varese und Mercurago an, wo neben einer grossen Zahl
von Steinwaffen, Broncenadeln gefunden wurden. Aus dieser Zeit
stammen ferner die Terramare Emilia's, die durch die Untersuchungen Pigorini's und Strobel's eine gewisse Berühmtheit erlangt
haben. Die Terramare sind nach Strobel[2] vorhistorische Niederlassungen, zum Theil mitten im Wasser, in künstlichen Becken,
von denen die Pfahlbauten in torfartiger schwarzer Erde Ueberreste
sind; der grösste Theil von ihnen befand sich auf trockenem Lande
und hinterliess die Terramare. In einigen von diesen Terramare
wohnte der Mensch anfangs auf Pfahlbauten, Trockenpfahlbauten,
wie solche auch in den Provinzen Modena und Reggio entdeckt
wurden. Es ist ferner sicher, dass die Bevölkerung der Terramare
Ackerbau, Viehzucht und Jagd betrieben hat.

Die Broncefunde in den Terramare scheinen zu beweisen,
dass die Bewohner derselben arischen Ursprungs waren, oder
wenigstens mit Aryern verkehrt haben.

Wir haben schon zweimal nachzuweisen gesucht[3], dass die
ersten Aryer Italiens dem illyrischen Zweige beizuzählen sind.

Die am weitesten nach Süden vorgeschobene arische Bevölkerung Italiens muss, wie es schon Th. Mommsen[4] im Gegen-
satze zur neuen Ansicht Helbig's[5] sehr richtig bemerkt hat, die
älteste sein. Dies waren die Japygier, Messapier, Daunier oder
Apuler und die Bewohner Siciliens.

Das gesammte Alterthum hat über die Herkunft dieser Völker
eine ganz richtige Ansicht gehabt, was bei dem uralten und häufigen

---

[1] Issel, p. 787.

[2] Strobel: Die Terramare. Mittheilungen der anthroprologischen Gesellschaft in Wien. III. p. 177. Issel p. 811 u. ff.

[3] Fligier: Beiträge zur vorhistorischen Völkerkunde Europa's. 1876;
ferner Fligier: Zur praehistorischen Ethnologie der Balkanhalbinsel. Wien 1877

[4] Mommsen: Römische Geschichte, I. p. 11; Mommsen: Unteritalische
Dialecte. p. 84 u. ff.

[5] Helbig: Studien über die älteste italische Geschichte. Hermes 1876
p. 257 u. ff.

Verkehr zwischen der Westküste Italiens und der Ostküste der Balkanhalbinsel nicht anders zu erwarten ist.

Indem Plinius [1] eine alte Tradition der Japygier benutzt, sagt er, dass die Poediculer aus Illyrien stammen. Dass Plinius eine im Alterthum bekannte Thatsache berichtet, geht daraus hervor, dass diese Tradition auch dem Nicander [2] bekannt war. Auch Festus [3] leitet die Daunier von Epirus ab. Die Bewohner Siciliens, die Sikeler haben einst in Italien gewohnt, von dort wurden sie durch die stammverwandten Oenotrer vertrieben [4]. Nach Thucydides [5] fand der Uebergang der Siculer von Italien nach Sicilien drei Jahrhunderte vor der Gründung griechischer Colonien in Sicilien statt.

Der Name der Sikeler ist ein illyrischer. Er findet sich nach Plinius [6] und Ptolemäus auch in Dalmatien, in Epirus [7] ist er gleichfalls nicht fremd. Auch als illyrische Urbevölkerung Griechenlands werden sie in Attika und auf der Insel Naxos genannt. [8] Die sicilischen Elymer werden durch die illyrische Stadt Elimaea und die Elymer Makedoniens als Illyrier erwiesen. Die Stadt Segesta kommt auch bei den illyrischen Pannoniern vor. Die Städtenamen Panormus, Drepanon, Camara kommen auch in solchen Gegenden Griechenlands vor, wie z. B. auf Kreta, wo einstens vor dem Erscheinen der Griechen eine illyrische Bevölkerung gewohnt hat. [9] Dass die Insel Kreta ursprünglich eine illyrische Bevölkerung besessen hat, geht daraus hervor, dass die Sallentiner, die zu den Japygern gehören, nach Varro III. rer. hum. bei Val. Prob. ad VI. Eclog. Verg. aus Kretern, Italern und Illyriern zusammengewachsen seien. Der Name der Italer ist ebenfalls illyrischen Ursprungs, denn er bezeichnete ursprünglich eine japygische Gegend und kommt heute noch als Bezeichnung einer Landschaft zwischen dem Mat und Drin bei den Albanesen vor. Auch Niebuhr [10] hat hier, wie so oft, das Richtige gesehen, indem er den Namen Italiens der Urbevölkerung zuwies. Wäre dieser Name nicht einheimisch gewesen, sagt er weiter,

---

[1] Plinius, hist. nat. III. 102.
[2] Antonin Liberalis 31.
[3] Epit. v. Daunia 69. Müller.
[4] Antiochus bei Strabo VI. 1.
[5] Thucydides VI. 2.
[6] Plinius III. 142, 143.
[7] Schol. zu Odyss. XVIII. 85.
[8] Fligier: Zur praehist. Ethnologie der Balkanhalbinsel, 1877, p. 49.
[9] Fligier p. 50.
[10] Niebuhr: Römische Geschichte, p. 17.

so müsste Italien entweder Latium oder Samnium benannt worden sein. Bei den Griechen hiessen nur die illyrischen Oenotrer Italer.

Die unteritalischen Orts-, Fluss- und Völkernamen kehren fast sämmtlich in illyrischen Gebieten wieder. Zu dem Namen der Sallentiner stellt sich die Stadt Salluntum in Dalmatien. Dass die illyrischen Japoden am Nordgestade des adriatischen Meeres auch Japygier geheissen haben, wie ihre Stammgenossen am Golf von Tarrent, geht aus Hecataeus (Steph. v. Byz. Ἰαπυγία) hervor, der in Illyrien und Italien Japygier kannte. Japydia hiess auch eine Gegend in Venetien Aen. XI. 246. Japyger war auch der uralte Name der Illyrier, der sich auch in der phönizisch-hebräischen Völkertafel als Japhet erhalten hat. Wir glauben nachgewiesen zu haben [1]), dass die Phönizier alle arischen Völker nach den Illyriern benannt haben, weil sie zu einer Zeit mit ihnen bekannt wurden, als diese sowohl die Balkanhalbinsel, wie Italien vor dem Erscheinen der Thrako-Phryger, Hellenen, Umbro-Sabeller besessen haben. Oder es war damals noch im lebhaften Andenken, dass die Illyrier vor allen anderen arischen Stämmen auf beiden Halbinseln gewohnt haben. Die Messapier kommen auch in solchen Gegenden Griechenlands vor, wo eine illyrische Urbevölkerung erwiesen ist [2]).

Ein anderer illyrischer Stamm waren die Apuler und Peuketier, die nach Strabo [3]), dieselbe Sprache gesprochen haben. Die Eingebornen nannten sich selbst Apuler, von den Griechen wurden sie Daunier genannt [4]).

Kallimachos [5]) führt auch im illyrischen Liburnien Peuketier an. Lycophron [6]) erwähnt in Daunien eine Stadt Dardanus, die an die illyrischen Dardaner erinnert.

Zur apulischen Stadt Arpi stellt sich Arupium in Liburnien. Die Ortsnamen Unteritaliens bestätigen gleichfalls, dass die Bevölkerung illyrischen Ursprungs war. Wie in Epirus und Sicilien Thesproter genannt werden, so finden sich in Unteritalien Choner, die an die Chaoner von Epirus erinnern. Barium Apuliens hat seine Analogie in Bari, dem albanesischen Namen für Antivari. In der italienischen Siritis, wie in dem südlichen Epirus, gab es eine Stadt Pandosia [7]). Eine zweite Stadt Pandosia und eine Stadt Acherontia

---

[1]) Fligier : Zur praeh. Ethnologie der Balkanhalbinsel, p. 15.
[2]) Fligier: Zur praeh. Ethnologie der Balkanhalbinsel, p. 33 u. 44.
[3]) Strabo VI. 4.
[4]) Strabo VI. 3.
[5]) Plinius III. B. 9.
[6]) Lycophron, Cassandra 1129.
[7]) Helbig p. 268.

kommen in der Nähe Krotons vor, das epirotische Pandosia hatte in der Nähe einen Fluss Acheron.

Das Lacinische Vorgebirge erinnert an den Berg Lacmon im Pindusgebirge und die Lacinienses in Liburnien bei Plinius III. B. 9. Zu Genusini im Gebiete der Poediculer stellt Helbig ¹) einen illyrischen Fluss Genusus. In Unteritalien findet sich Cannae, in Illyrien Cannina, Bantia in Italien und Illyrien, in Italien Ulci und Arusium, in Illyrien Ulcinium und Arausium, in Bruttium ein Fluss Butrotus, in Illyrien eine Stadt Butrotum.

Die Endungen der Städtenamen verrathen auf beiden Seiten eine ähnliche Bildung. Häufig kommt in Japygien, wie Mommsen und Helbig ²) bemerken, die Endung —ς —ντος vor, woraus die Latiner „-ntum“ gemacht haben. Dieselbe Bildung von Ortsnamen kommt auch in Illyrien vor, wie Dalluntum und Salluntum in Dalmatien.

Dass der Name der Lucaner (griechisch Λευκανοί) mit Leucas, dem Vorgebirge Akarnaniens und der leucadischen Insel zusammenhängt, ist evident.

Die Campaner haben ihren Namen nicht vom lateinischen Campus, denn auch Epirus hiess einst Campania, nach einem Könige Campus oder dessen Tochter Campania benannt. ³). Dass der Name rein illyrisch ist, beweist Kampylos, ein Nebenfluss des Achelous, der auf dem Pindus entspringt. Ein anderer Name der Campaner mag Opiker gewesen sein. Antiochus ⁴), der als ein Sicilianer hier besonders glaubwürdig erscheint, identificirt die Opiker mit den Ausonern, die von den Römern Aurunker genannt werden. ⁵) Cato lässt die Aurunker vor dem Erscheinen der Griechen in Rhegium wohnen, Probus zu Vergil B. V. 2. Die Ausoner werden aber von Dionys ⁶) gerade Siculer d. h. Illyrier genannt.

---

¹) Helbig p. 268.

²) Helbig p. 269.

³) Alexarchus und Aristonicus bei Serv. zu Vergil. III. 334. Constat ibi (in Epiro) olim regem nomine Campum fuisse ejusque posteros Campylidas dictos et Epirum Campaniam vocatam, sicut Alexarchus historicus graecus et Aristonicus referunt. Varro filiam Campi Campaniam dictam, unde provinciae nomen, ... post vero Chaoniam ab Helleno appelatam qui fratrem suum Chaonem vel ut alii dicunt, comitem, dum venaretur occiderat. Alii filiam Campi Cestriam ab Heleno ductam uxorem et de nomine soceri Campos, de nomine Chaonis Chaonas dixisse. Etym. Magnum καμπανοί.

⁴) Strabo V. 4.

⁵) Aurunci Italiae populi antiquissimi fuerunt. Serv. V. VII. 206.

⁶) Dionys von Halicarnass I. 22.

Man kann daher nicht die Opiker mit den Oskern identificiren, wie es schon oft geschehen ist. Nach Strabo [1]) haben die Osker nach den Ausonern und Opikern diese Gebiete bewohnt. Den Namen der Opiker hat zuerst Hoffmann [2]) mit dem aus Herodot bekannten und wahrscheinlich thrakischen Worte „apia" die Erde zusammengestellt, der auch in den Völkernamen der Helloper, Meroper, Dryoper, Doloper u. s. w. enthalten ist. Mit dem Namen der Opiker mag der König Opis, der als Bundesgenosse der Peuketier in der Schlacht gegen die Tarentiner 480 gefallen ist, verwandt sein. Auch aus den Ortsnamen geht hervor, dass die Bevölkerung Campaniens ursprünglich illyrischen Ursprungs war. Capua erinnert an Capys, den Grossvater des Aeneas, von dem es auch nach Dionys I. 67 abgeleitet werde, an das arkadische Capyae, an Panti-capaeum im Lande der Kimmerier und Treren und Capi - dava in Dacien. An die genannten Treren erinnert Treros (Sacco) ein Nebenfluss des Garigliano. Die Kimmerier sind im Alterthum durch ihre kriegerischen Eigenschaften bekannt gewesen, und es ist sehr wahrscheinlich, dass ihr Name mit „skr. kumâra" Jüngling, Krieger zusammengestellt werden muss. In der Nähe von Cumae kommen auch Kimmerier vor, die auch dort ihren Cocytus, Periphlegeton, ihren acherusischen See hatten. Sil. Ital. XII. 117. Strabo V. Eustat Od. X. v. 514. Auffallend ist es, dass Vergil und Dionys von ihnen nie sprechen. Bei Ancona wird ein Cap Cumerium genannt. Zu Acerrae (gr. Ἀκέρραι) stellt sich der messapische Personenname Acerratius [3]). Hyria (später Nola aus Novla, oskisch) kommt auch bei den Sallentinern vor, ferner im Gebiete des boeotischen Berges Messapos. Messapisch hiess diese Stadt Orra, deshalb gab es auch in Epirus ein Horreum. Zu den phlegraeischen Gefilden stellt sich Phlegra, der alte Name für Pallene in Macedonien, Amuclae in der Nähe Cajetas [4]) zu dem laconischen Amyklae. In der Nähe von Amuclae finden sich Apina und Tricca [5]), von denen das erste mit dem genannten illyrisch-thrakischen Apia und das zweite mit dem thessalischen Tricca verwandt sein muss. An das thessalische Larissa erinnert Larissa in Campanien, von der zu Dionys Zeiten keine Spur übrig war. Dionys erzählt, dass Larissa von Siculern gegründet sei, die einst ganz Campanien besessen haben. An Kleinensia erinnert sogar der aus der Aeneis bekannte Ort Celennae.

---

[1]) Strabo V. 4.
[2]) Hoffmann Zeus und Kronos. Leipzig 1876.
[3]) Mommsen, unteritalische Dialecte, p. 73.
[4]) Varro bei Plin. VIII. 29, III. 5, Solin 2.
[5]) Plinius III. 10.

Cales und Calenum stellt sich zu den Καλλεῖς auf Kephalenia, Callas
Flusse auf Euboea. Die ausonische Stadt Calesia wird wohl mit Cales
identisch sein. Calesia verhält sich zur illyrischen Alesia (auch jetzt
heisst noch ein Ort in Albanien Alesio) wie Arpi zu Carpi. Aletia
heisst auch ein Ort in Japygien bei Strabo VI. 3.

Peda eine ausonische Stadt (Πέδα, πόλις αὐσονική τὸ ἐθνικὸν
πεδασός Steph. v. Byz.) erweist sich durch das liburnische Volk der
Pedeten bei Scylax 2 F als illyrisch.

Attika hiess in vorhellenischer Zeit nach Suidas Mopsopia.
In Lykien wird Mopsos als Gründer von Rhodia und Phaselis genannt.
(Theopomp bei Photius 176 p. 620.) Mopsii war ein bekanntes cam-
panisches Geschlecht [1]). Man vergleiche damit den Lapithen Mopsos
in Thessalien, nach dem der Ort Mopsium benannt sein soll. Strabo X. 1.
Auch die Orts-, Fluss- und Personennamen bestätigen somit,
dass die ursprüngliche Bevölkerung Campaniens illyrischen Ursprungs war.

Wir stimmen ferner mit Helbig vollständig überein, dass der
Name der Graeker eine illyrische Bevölkerung bezeichnet hat. Dieser Name ist somit den Umbro-Sabellern bekannt geworden, bevor
die Hellenen die illyrischen Gebiete besetzt hatten. Er findet sich
auch wirklich in illyrischen Gebieten, wie z. B. in Dodona, oder in
solchen Gebieten von Hellas, wo wir eine unhellenische Bevölkerung
erwiesen haben z. B. in Boeotien [2]), Macedonien und Thracien. Helbig
möchte die Graeken nicht zu den Hellenen stellen, auch nicht gerade
zu den Illyriern, sondern zwischen beide Völker. So möchten auch
die meisten Forscher die Stellung der Japygier bezeichnen. Diese
Ansicht wird jeder Ethnologe als unhaltbar bezeichnen. Nach den
Untersuchungen Mommsens sind die Japygier ein vorhellenischer
Stamm, der zwar der grossen griechischen Völkerfamilie angehört,
aber nicht der Sprach- und Culturentwicklung theilhaftig geworden
ist, welche das eigentliche Hellenenthum kennzeichnet. Auch
Nicolucci [3]) hält die Japygier für Helleno-Barbaren.

Die falschen Ansichten der classischen Philologen verirren sich
sogar zu Anthropologen von Fach.

Wir müssen daher noch einmal wiederholen, dass die unteritalischen Stämme dem grossen Völkerzweige der Illyrier angehört

---

[1]) Livius XXIII, 1.

[2]) Fligier: Zur praeh. Ethnologie der Balkanhalbinsel, p. 29 u. 34.

[3]) Nicolucci sulle stirpe japigica, e sopra due crani ad essa appartenenti,
raccolti presso Fasano (Gnathia) e presso Ceglie (Caelia), nell' Italia meridionale,
Napoli 1865.

haben. Die ethnologische Stellung der Illyrier ist bis jetzt keine sichere, indem der Sprachschatz des Schkipetar (des Albanesischen) zum grossen Theile durch Aufnahme von griechischen, lateinischen slavischen und türkischen Wörtern zerstört worden ist. Der einzige Weg, um das Alt-illyrische auszuscheiden, ist der von Miklosich[1] eingeschlagene. Miklosich hat die slavischen Elemente im Albanesischen durchforscht. Es wäre sehr verdienstlich, wenn die classischen Philologen die lateinischen Elemente einer Prüfung unterziehen möchten. Wenn es auch sicher ist, dass ein Theil der lateinischen Worte im Albanesischen aus dem augusteischen Zeitalter stammt, so ist es ebenso sehr wahrscheinlich, dass auch im Lateinischen illyrische Elemente sich vorfinden, denn die Urbevölkerung Latiums war, wie wir gleich nachweisen werden, mit den Japygern gleicher Abstammung. Es ist ferner von Helbig nachgewiesen, dass die japygische Cultur eine viel ältere und viel bedeutendere gewesen ist als die der Umbro-Sabeller.

Es ist daher anzunehmen, dass die Umbro-Sabeller, zu denen wir auch die Latiner und Osker zählen, von den civilisirten Japygiern Bezeichnungen für Culturgegenstände entlehnt haben, die ihnen früher fremd sein mussten. So finden sich im Lateinischen Bezeichnungen für Culturpflanzen, die auf Entlehnung aus der griechischen oder vielmehr illyrischen Sprache schliessen lassen, von denen sich aber bereits Spuren in uralten italischen Gräbern und Niederlassungen finden, welche sicher nach Helbig von dem Einflusse der grossgriechischen Colonien noch unberührt sind.[2] Wenn ferner gesagt wird,[3] dass die Messapier das Brot $\pi\alpha\nu\acute{o}\varsigma$ nannten, so ist es nur zu wahrscheinlich, dass „panis" im Lateinischen aus dem Japygischen entlehnt worden ist.

Die syrakusanischen Dichter gebrauchen $\pi\alpha\tau\acute{\alpha}\nu\alpha$ für patina, $\varkappa\alpha\rho\varkappa\alpha\rho\sigma\nu$ für carcer u. s. w. Auch $\gamma\acute{\epsilon}\lambda\alpha$ für gelu und $\varkappa\acute{\alpha}\tau\iota\nu\sigma\nu$ für catinum, $\lambda\acute{\epsilon}\pi\sigma\rho\iota\varsigma$ waren sikulische Wörter. Schon Niebuhr und dann ganz besonders K. Otfried Müller[4] haben geschlossen, dass das Siculische ein bedeutendes Element der lateinischen Sprache gebildet hat. Otfr. Müller denkt sich das Siculische als eine Sprache, die mit der griechischen in einer weit engeren Verwandtschaft

---

[1] Miklosich: Die slavischen Elemente in Albanesischen Denkschriften der Wiener Akademie der Wissenschaften.

[2] Helbig: Studien über die älteste italische Geschichte, p. 288.

[3] Athenaeus III, p. 111.

[4] K. Otfried Müller. Die Etrusker, neu bearbeitet von Deecke. Stuttgart 1877, p. 5. u. folgende.

16

stand, als mit den anderen Zweigen des grossen indogermanischen Sprachstammes; das andere Element ist dem Griechischen fremder und unähnlicher als manchem der übrigen Zweige der eben bezeichneten Sprach-Familie. Auch gewährt die lateinische Sprache, sagt er, einen sehr einleuchtenden Beweis, dass ein den Griechen verwandtes, ländliches und hirtliches Volk von einem ungriechischen, aber kriegerischen Volke unterworfen wurde. Worte, welche Ackerbau und sanfteres Leben betreffen, stimmen nach Niebuhr im Latein und Griechischen überein, während alle Gegenstände, die zum Kriege oder der Jagd gehören, mit durchaus ungriechischen Worten bezeichnet werden.

Die Namen der Hausthiere sind nach Müller und Deecke[1]) im Latein und Griechischen fast alle dieselben (bos, taurus, sus, porcus u. s. w.), ebenso verhält es sich mit ager, silva, aro, sero u. s. w.

Die Waffennamen tela, hasta, pilum, ensis, gladius, arcus, sagitta, jaculum, clupeus, cassis, balteus, ocrea kommen im Griechischen nicht vor und gehören offenbar den kriegerischen Sabinern an. Fast alle einfachen Worte, die sich auf Staat und Recht beziehen, wie forum, jus, lis, vas, testis, civis, rex sind ungriechisch[2]), d. h. wiederum sabinisch. Wenn es auch jetzt als gewiss erscheint, dass sich das Lateinische aus sich selbst flexivisch entwickelt hat, so sprechen doch die vielen entlehnten Bezeichnungen für Culturgegenstände dafür, dass die Urbevölkerung Latiums cultivirter war als die Umbro-Sabeller.

Viele Worte im Albanesischen, die lateinisch klingen, sind vielleicht gerade altillyrischen Ursprungs.

Sehr verdienstvoll ist ferner das Werk Camarda's[3]) über das Albanesische. Nach seinen Untersuchungen stellt sich das Albanesische am nächsten zum Griechischen. Das Verhältniss beider Sprachen zu einander im Alterthum mag ähnlich dem des Altindischen zum Altbactrischen gewesen sein, aber nicht näher. Auch anthropologisch stehen sich beide Völker sehr nahe. Professor Nicolucci[4]) hat zwei alte japygische Schädel untersucht und eine auffallende Aehnlichkeit zwischen ihnen und den altgriechischen sowohl, als auch der Mehrzahl der neugriechischen gefunden.

---

[1]) p. 8.

[2]) p. 14.

[3]) Camarda: Saggio di grammatologia comparata sulla lingua albanese. Livorno 1864.

[4]) Nicolucci: Sulla stirpe japigica. Napoli 1865.

Auch heute noch hat sich in diesen Gegenden der altjapygische Typus erhalten.

. In der Geschichte erscheinen beide Völker auf's bitterste mit einander verfeindet; so berichtet Herodot [1]), dass die tyrrhenischen Pelasger, worunter Illyrier zu verstehen sind, auf Lemnos ihre Kinder getödtet haben, weil diese von ihren Müttern die attische Sprache erlernt hatten.

Auf der italischen Halbinsel war der Hass der Illyrier gegen die Hellenen nicht geringer: so galt die Niederlage, welche die Tarentiner von den Messapiern im Jahre 473 erlitten, als die furchtbarste, die jemals ein Griechenheer erlitten. Freilich haben die japygischen Stämme, wie noch jetzt die stammverwandten Albanesen Griechenlands, eine grosse Vorliebe für die Sprache der Hellenen besessen, — vielleicht aus praktischen Gründen, den Hellenen selbst waren sie immer feindlich gesinnt.

Auch die Hellenen haben in ihnen keine Stammverwandten erblickt, sondern im Gegentheil erschienen ihnen die Japygier gleich den Epiroten und Macedoniern als Barbaren [2]). Dass die hellenischen Philologen das Japygische zum Kretischen, Epirotischen und Macedonischen stellten, geht daraus hervor, dass Seleukos, der Grammatiker, messapische, kretische, epirotische und macedonische Glossen gab, persische und punische dagegen nicht verzeichnete. [3]) Kreta hat ursprünglich auch eine illyrische Bevölkerung besessen. Jetzt wird uns auch die Erzählung Varro's [4]) verständlich, dass Idomeneus, von Kreta vertrieben, zuerst nach Illyrien gekommen sei, und mit illyrischem Volke hierauf auf der calabrischen Halbinsel Uria und Castrum Minervae gegründet habe. Nach Servius zu Aeneis III, 332 kommt Japys aus Kreta nach Italien.

Eine eigenthümliche Verirrung des illyrischen Volkscharakters treffen wir sowohl bei den Kretern als auch bei den Japygiern vor. Timaeus [5]) erzählt nämlich, dass die Griechen ihre Knabenliebe, namentlich in ihrer Ausartung von den Kretern erlernt haben sollen. Als die Hellenen nach Italien kamen, haben sie dieselbe in schamloser Oeffentlichkeit bei den Messapiern vorgefunden. [6]) Bei den Oenotriern erwähnt sie Martialis XII. 57, 10.

---

[1]) Herodot, VI. 138.

[2]) Antiochus bei Strabo VI, 3. Theopomp bei Athenaeus XII. p. 518, Pausanias X., 10, Diodor XXI. exc. Hoeschel.

[3]) Mommsen: Unteritalische Dialecte, p. 70 und 85.

[4]) Bei Probus zu Vergil, Eclog. VI, 31.

[5]) Athenaeus, XIII. 602.

[6]) Athenaeus, XII. 518.

Wir glauben nicht, dass die Hellenen von den Kretern, Messapiern u. s. w. die Knabenliebe erlernt haben, das würde der menschlichen Natur widersprechen. Nachdem wir[1]) in Hellas eine illyrische Bevölkerung nächst der thracischen in vorhellenischer Zeit erwiesen haben, die von den Hellenen unterjocht und geknechtet wurde, ist es sehr wahrscheinlich, dass gerade bei den illyrischen Elementen des hellenischen Volkes diese Verirrung der menschlichen Natur zu suchen sei. Wir werden in unserer Ansicht dadurch unterstützt, dass nach Hahn[2]) die Knabenliebe bei den heutigen Albanesen, den Nachkommen der alten Epiroten und Illyrier, sehr stark verbreitet ist.

In den zahlreichen, oft sehr schönen erotischen Liedern des albanesischen Volkes, ist es nicht die Jungfrau, die angebetet und besungen wird, sondern — der Knabe.

Da auch ganz Italien, mit Ausnahme der nordwestlichen ligurischen Gebiete, in vorhistorischer Zeit, wie wir nachweisen werden, von illyrischen Stämmen besetzt war, die sich in historischer Zeit neben Latinern, Umbrern, Oskern, Samnitern, Etruskern als Unterjochte erhalten haben und noch jetzt, wie es scheint, einen starken Theil der italienischen Bevölkerung bilden, so ist erklärlich, dass auch bei den Römern dieses Laster stark verbreitet war.

IV.

Es wäre für die italische Ethnologie von der grössten Wichtigkeit, wenn der japygische oder pelasgische, oder wir wollen uns besser ausdrücken, illyrische Schädeltypus genau fixirt wäre. Die Siculer Siciliens waren, nach den Ortsnamen Siciliens zu urtheilen, illyrischen Ursprungs. Wir können demnach annehmen, dass die Bevölkerung Siciliens, da von den Iberern sich wenig Spuren erhalten haben, zum grösseren Theile aus illyrischen Siculern bestand[3]).

---

[1]) Fligier: Zur praeh. Ethnologie der Balkanhalbinsel, Wien 1877.

[2]) Hahn: Albanesische Studien. Wien 1854.

[3]) Giov. Emmanuele Bidera: La Sicilia Sicana Ved. l'Armonia, Giornale di Palermo anno 1853 c. seg. war auch schon der Ansicht, dass die Siculer mit den Pelasgern gleicher Abstammung gewesen sind, und dass ihre Sprache mit der albanesischen gleicher Herkunft war. Cfr. Rivista sicula, Palermo 1870, pag. 184. Sehr werthvoll sind die praehistorischen Untersuchungen Gaetano Italia's (Ricerche per l'istoria dei popoli acrensi. Nicastro 1873) in der Provinz Syrakus. Er schreibt diese Funde den Tyrrheno-Pelasgern zu. Leider habe ich das Buch nicht bekommen können.

Dazu kamen Hellenen, die aber nach Nicolucci [1]) einen den Japygern verwandten Schädeltypus zeigen. Es dürfte daher schwer sein, siculische Schädelfunde von hellenischen zu unterscheiden. Ausserdem haben Carthager auf der nordwestlichen Seite Besitzungen gehabt, wenn auch wohl in manchen Städten nur die Beamten und Officiere Carthager waren. Viele Carthager mögen von nicht-semitischer Herkunft gewesen sein. Im Gebiete von Palazzolo in Sicilien wurden zusammen mit Waffen aus Stein brachykephale und prognathe Schädel gefunden. Die mitgegebenen Vasen und die Inschriften beweisen, dass sie Phöniziern angehörten, [2]) d. h. phönizisch sprechenden. Es ist wirklich auffallend, dass vier von Morselli [3]) untersuchte sicilische Schädel eine höchst überraschende Aehnlichkeit mit semitischen Schädeln darbieten. Dieselben mögen aber auch Nachkommen der Saracenen gewesen sein. Die Schwierigkeiten vermehren sich, da auch die jüdischen, die von Nicolucci untersuchten punischen Schädel [4]), ferner auch die arabischen nach van der Hoeven (Catalogus craniorum diversarum gentium) dolichokephal sind und auch sonst auffallend mit einander übereinstimmen. Morselli hat auch eine auffallende Uebereinstimmung zwischen einem [5]) sicilischen und einem Beduinenschädel gefunden. [6]) Es muss daher die Bevölkerung Siciliens im Ganzen dolichokephal sein, und das ist sie auch in der That. Auch Maggiorani findet nicht nur zwischen den sicilischen und den jüdischen Schädeln eine überraschende Aehnlichkeit, sondern auch im Charakter eines Theiles der sicilischen Bevölkerung, ein Beweis, dass sowohl die Phönizier als auch die Araber (Saracenen) genug Spuren in der Bevölkerung der genannten Insel zurückgelassen haben.

---

[1]) Nicolucci: Sulla stirpe japigica. Napoli 1865, und Nicolucci: Antropologia della Grecia. Napoli 1867.

[2]) Fr. Minà Palumbo: Rivista Sicula, Palermo 1869, p. 105.

[3]) Morselli: Sui crani siciliani del Museo Modenese e sull' Etnografia della Sicilia. Archivio per l'antropologia e la etnologia publ. dal Mantegazza. Firenze 1873, pag. 452.

[4]) Nicolucci: Di alcuni crani fenici rinvenuti nella necropoli di Tharros. Napoli 1864.

[5]) Morselli, pag. 474.

[6]) Der berühmte italienische Archäologe General Cesnola hat vor Kurzem dem Nationalmuseum in Rom einige cypriotische Schädel übersandt, von denen einige beinahe den phönizischen gleichen sollen. Archivio per l'antropologia 1876 pag. 227. Ich muss hier nochmals wiederholen, dass die Bevölkerung Cyperns nach meinen Untersuchungen (Zur praeh. Ethnol. der Balkanhalbinsel p. 20 u. p. 57) arischen Ursprungs gewesen ist.

Einen von den genannten verschiedenen Typus bietet eine dritte Classe sicilischer Schädel von zarterem Bau dar, die wahrscheinlich den Siculern angehören. Morselli [1] hat sie mit griechischen Schädeln verglichen und eine gewisse Aehnlichkeit gefunden, so Manches erinnerte dagegen an römische Schädel.

Morselli würde nicht in diese Schwierigkeiten gerathen sein, wenn er berücksichtigt hätte, dass der japygische (und das ist auch der siculische) Schädel mit dem hellenischen verwandt ist. Eine gewisse Aehnlichkeit mit römischen Schädeln erklärt sich leicht, da die Urbevölkerung Latiums pelasgischen, d. h. illyrischen Ursprungs war. Morselli war nahe daran, der Ethnologie einen grossen Dienst zu leisten, indem er in der Lage war, albanesische Schädel mit den siculischen zu vergleichen. Das hat er aber nicht gethan aus Scheu die Schwierigkeiten zu vergrössern. Leider war ihm die Verwandtschaft der Vorfahren der Albanesen und der Japygier unbekannt. Vielleicht dürfte der verdienstvolle und gelehrte Anthropolog bewogen werden, diese Studien in der von mir angegebenen Weise wieder aufzunehmen. Professor Maggiorani [2] erkennt in den Palermitanern und hauptsächlich in den Frauen neben semitischen Typen die Nachkommen der Hellenen. Es ist aber sicher, dass das alte Panormos keine griechische Colonie gewesen ist. Panormos war eine siculische Stadt, sowie auch Panormos auf Creta der illyrischen Bevölkerung angehört hat. Es kann hier nur der siculische d. h. illyrische Typus gemeint sein. Wir können demnach sagen, dass die Siculer gleich den Japygern dolichokephal waren. Und in der That beginnt nach den Untersuchungen Calori's auch jetzt noch die Dolichokephalie im Süden. Je weiter man nach Norden schreitet, desto mehr nimmt die Brachykephalie zu. In dem ehemaligen Kirchenstaat gehörten von 200 untersuchten Schädeln nur 52 zu den Brachy-, dagegen 100 zu den Meso- und 48 zu den Dolichokephalen. Es ist evident, dass sich hier zwei verschiedenartige Stämme gemischt haben. Da die primitive Bevölkerung Latiums siculischen, d. h. illyrischen Ursprungs gewesen ist, so ist das Vorkommen der Dolichokephalen in Latium leicht erklärlich; folglich gehören die Brachykephalen der latinischen, d. h. der mit den Umbrern und Sabellern ethnologisch zusammenhängenden Bevölkerung an, von der sich die lateinische Sprache erhalten hat. Es ist demnach klar, dass in den umbrisch-

---

[1] Morselli, pag. 479.

[2] Maggiorani: Reminiscenze antropologiche della Sicilia. Atti della R. Accademia dei nuovi Licei 1871.

sabellischen Gebieten die brachykephale Schädelform auch jetzt noch vorherrscht. [1])

Schon in neolithischer Zeit gesellt sich zu den Dolichokephalen ein brachykephaler Stamm. Das mag nicht ganz richtig sein, denn Steingeräthe waren aus religiösen Gründen noch in römischer Zeit in Anwendung. Die Bronce war zu kostbar, um allzusehr verbreitet zu sein. Es ist daher wahrscheinlich, dass beide Schädeltypen der historischen Zeit angehören, d. h. den Siculern und Latinern.

Es ist hauptsächlich von Nicolucci [2]) behauptet worden, dass die heutigen Bewohner des alten Latiums denselben Schädeltypus darbieten, wie die Schädel Latiums in römischer Zeit.

Mit den Resultaten Nicolucci's stimmen auch die Untersuchungen von Davis und Maggiorani [3]) überein, aus denen hervorgeht, dass die jetzigen Bewohner der Campagna die directen Nachkommen der alten Bewohner dieses Landes sind. Ferner hat auch Maggi [4]) bei altrömischen Schädeln zwei Typen, einen dolichokephalen und einen brachykephalen gefunden. Bei Vicenza [5]) wurde mit etruskischen Beigaben ein dolichokephaler Schädel gefunden, der nach Molon mit den altlatinischen Schädeln vollständig übereinstimmen soll. Die Bevölkerung dieser Gebiete gehörte im Alterthume dem Stamme der Veneter an. Die Veneter waren aber ein bekannter illyrischer Stamm, deshalb musste auch die venetische Schädelform eine dolichokephale sein.

Wir sind demnach zu dem Resultate gelangt, dass die langköpfige Bevölkerung Italiens dem japygischen oder illyrischen Völkerzweige angehört.

Wir werden ferner sehen, dass unsere Ansicht sowohl durch die Archäologie, als auch durch die altitalischen Orts- und Personennamen eine eclatante Bestätigung finden wird.

Zu dieser Bevölkerung gesellte sich, wie wir schon erwähnt haben, in vorhistorischer Zeit in Mittelitalien ein breitköpfiger Volksstamm, der noch jetzt in diesen Gegenden den langköpfigen an Zahl überbietet. Es waren die Umbrer, Latiner, Osker und Sabeller.

---

[1]) Journal of the Anthropological Institute. London 1872, tom X, pag. 100.

[2]) Nicolucci: Sull' Antropologia del Lazio. Napoli 1873.

[3]) Maggiorani: Saggio di studi craniologici sull' antica stirpe romana e sulla etrusca. Roma 1858.

[4]) Atti della società italiana di scienze naturali. Milano 1872, pag. 137 u. ff.

[5]) Atti dell' Accademia Olimpica 1875.

Wir glauben, dass Mantegazza, der bedeutende Anthropolog
Italiens, sich jetzt nicht mehr genöthigt finden wird, auszurufen:
„L'etnologia italiana è ancora oscurissima; oserei dichiarare, che non
si ha ancora il diritto di stabilire una scientifica definizione di quei
tipi etnici che chiamiamo romani, etruschi, umbri."

V.

Durch eine verdienstvolle Untersuchung A. Conze's [1]) ist in
Hellas eine Vasenclasse gleichsam neu entdeckt worden, die sich
durch geometrische Ornamentik und durch das Fehlen gewisser
Thiere, z. B. des Löwen und Tigers, von den orientalisirenden unterscheidet. Professor Conze hat diesen Styl alteuropäisch, aber auch
pelasgisch genannt. Unter Pelasgern der hellenischen und römischen
Schriftsteller sind nach unseren Untersuchungen Illyrier zu verstehen. Professor Conze ist ebenfalls geneigt, diesen Styl der vorhellenischen Bevölkerung zuzuschreiben. Denselben Styl fand Conze
auch in Italien. — Dort muss sich derselbe in recht zahlreichen
Exemplaren vorfinden, um so mehr, als die italische Halbinsel
ursprünglich von illyrischen — und vielleicht auch thrakischen [2])
Völkern, die aber wenig zahlreich gewesen sein mögen, bewohnt
war. Die südlichen Theile der Balkanhalbinsel waren gleichfalls
ursprünglich von illyrischen Stämmen und dann von Thraciern
bewohnt. Die archäologischen Forschungen werden somit von der
Ethnologie auf's Glänzendste bestätigt. Sehr gewagt ist es aber,
diesen Styl mit den nordischen Funden in Verbindung zu bringen,
denn abgesehen von dem grossem zeitlichen Abstande zwischen den
italischen und besonders den griechischen Vasen im Vergleich zur
nordischen Ornamentik, haben illyrische Pannonier bis zur Donau
und wohl auch darüber hinaus gewohnt, so dass die Verbreitung
dieses Styles nach dem Norden leicht erklärlich ist[3]).

Vielleicht hat sich in den altgermanischen Sagen von den Thor-
sas, d. h. Riesen eine Erinnerung an die Tyrsener (Pelasger oder
Illyrier) erhalten.

---

[1]) Conze: Zur Geschichte der Anfänge der griechischen Kunst. Sitzungs-
berichte der Wiener Akademie 1870, p. 505, ferner 1873, p. 221.

[2]) So erinnert die Sage von den Kimmeriern in Campanien an die thrakischen Kimmerier am Nordgestade des Pontus, der Fluss Treros an die kimme-
rischen Treren, Capua an Panti-capaeum im Kimmerierlande, Taurania, ein Ort
in Campanien an die Taurier.

[3]) Fligier: Zur praehist. Ethnologie der Balkanhalbinsel, p. 57.

Im Gegensatz zu Conze glaubt Helbig[1]), dass die Italiker (wir verstehen darunter illyrische Stämme) nachdem sie schon längere Zeit in Italien gewohnt hatten, diesen Styl auf dem Meereswege übernommen haben.

Wie wir glauben, ist Helbig zu dieser Hypothese durch seine Annahme verleitet worden, dass die Japygier zur See nach Italien gekommen sind, was doch entschieden unrichtig ist. Er glaubt seine Annahme dadurch zu begründen, dass in den Terramare Emilias, die doch wegen des Vorkommens der Bronce den Aryern zugeschrieben werden können, sich die geometrische Ornamentik nicht vorfindet. Ueber die Nationalität der Bewohner der Terramare können aber nur craniologische Funde entscheiden.

In den Terramare von Gorzano im Modenesischen sind Schädel gefunden worden, die nach dem Urtheile der italienischen Anthropologen (Canestrini's, Nicolucci's und Morselli's [2]) den ligurischen, d. h. brachykephalen Typus darbieten. Die Bewohner der Terramare von Gorzano gehörten demnach wahrscheinlich dem an-arischen Stamme der Ligurer an und haben die Kenntniss der Bronce von den ersten Aryern Italiens, den Illyriern übernommen. Helbig und Pigorini [3]), die bedeutendsten Kenner auf diesem Gebiete, möchten für die Terramare zwei Epochen annehmen, von denen in der ersten sich Vasen ohne Ornamentik, in der zweiten mit geometrischer Ornamentik vorfinden. Die Vasen der ersten Epoche gehören somit nicht den Aryern an.

Dass ähnliche archäologische Funde mit geometrischer Ornamentik in Troas gemacht worden sind, ist erklärlich, da die kleinasiatische Bevölkerung mit einem Theile der Urbevölkerung Griechenlands gleicher Abstammung gewesen ist. Auch Cyprus [4]) ist hauptsächlich von Aryern, die zum thrako-phrygischen Stamme gehörten, bewohnt gewesen, so dass das Vorkommen der geometrischen Ornamentik auf den cyprischen Funden selbstverständlich ist. — Die Terramare gehörten demnach ursprünglich einem an-arischen Volke an, wie auch die Pfahlbauten der schweizerischen und oberitalienischen Seen, zuerst ein Volk bewohnte, dem nur Geräthe aus Stein bekannt waren und das später von den Aryern die Bronce entlehnte.

---

[1]) Annali dell' Instituto di Corresp. Archeol. 1875.

[2]) Morselli: Sui crani antichi nel Modenese, archivio per l'antropologia, 1872, p. 341.

[3]) Annuario scientifico ed industriale. Milano 1877, p. 278.

[4]) Fligier: Zur praehist. Ethnologie der Balkanhalbinsel, p. 20.

VI.

Helbig hat in seinen sonst verdienstvollen Studien über die älteste Geschichte Italiens nachzuweisen versucht, dass der japygische Stamm, den er sonst richtig als einen illyrischen bezeichnet, nur auf Japygien beschränkt war. Er gerieth nur zu bald in Verlegenheit, indem er japygischen Spuren auch in Mittelitalien begegnete. Es blieb ihm dann nur die Wahl übrig, entweder für Mittelitalien auch die Japygier als Urbevölkerung anzunehmen, oder die Analogieen zwischen mittelitalischen und japygischen Ortsnamen dahin za erklären, dass in Japygien ursprünglich eine italische d. h. umbro-sabellische Bevölkerung gesessen hat. Dann konnten die Japygier nur zur See in Italien einwandern. Warum hat sich Helbig nicht für die erste Annahme entschieden? Vielleicht weil er gefürchtet hat bei gewissen Autoritäten anzustossen.

Sagt er [1]) doch selbst, dass er die Folgerungen, welche sich aus den von ihm gewonnenen Resultaten ergeben, erst dann entwickeln werde, wenn Urtheile competenter Fachgenossen über die Richtigkeit derselben verlautet haben werden.

Dass Japygier in Lucanien und Campanien vor den Oskern gewohnt haben, ist von uns bereits erwiesen worden. Dass dies auch in Latium der Fall gewesen ist, wird sich aus folgender Untersuchung ergeben.

VII.

Die Gegenden, wo später das weltberühmte Rom gegründet wurde, waren vielleicht schon seit dem ersten Erscheinen des Menschen in Italien, bewohnt. Zugleich mit dem Nilpferd, Rhinoceros und dem Elephas primigenius durchstreifte der Mensch diese Gebiete. [2]) Am Zusammenfluss der Digentia mit dem Anio fand Rossi [3]) fünf Skelette und Waffenstücke aus neolithischer Zeit, auch einige Vasen der rohesten Art. In dem einen Grabe waren zwei brachykephale Schädel, in dem anderen mit Resten des Rennthieres (cervus tarandus) drei von dolichokephalem Typus. In neolithischer Zeit wohnten demnach schon zwei von einander verschiedene Racen in diesem Gebiete. In dieser Epoche haben Ligurer in Ober-

---

[1]) Hermes 1876. p. 288.

[2]) Mantovani: Descrizione geologica della Campagna romana. Roma 1875.

[3]) Rossi: Le scoperte e gli studi paleontologici dell' Italia centrale. Roma 1872. p. 6.

Italien gewohnt, werden auch im Tiberlande und Etrurien [1] genannt, so dass die brachykephalen Funde den Ligurern angehören können.

Die Römer selbst waren nicht einig, ob Ligurer [2] oder Aboriginer die Urbevölkerung dieser Gebiete gebildet haben. Das Zeugniss des Antiochus [3] eines Zeitgenossen des Thucydides, ist als des ältesten griechischen Schriftstellers, der die italische Geschichte ausführlicher behandelt hat, und der übrigens ein geborener Sicilianer war, von der grössten Wichtigkeit. Antiochus [4] berichtete, dass Italien ursprünglich von Oenotrern, also einem japygischen Stamme bewohnt war, ihr König habe Italos geheissen, nach dem sie auch benannt wurden, auf diesen sei Morgetes gefolgt, von dem die Siculer aufgenommen worden sind, so dass die Oenotrer aus Siculern, Oenotrern und Italern bestanden haben.

Diese Oenotrer leitet Pherekydes, also wiederum, ein alter Zeuge, von Arkadien ab, in Arkadien haben wir aber schon früher illyrische Spuren gefunden [5]. Oenotros heisst ferner der Anführer der Aborigener und Arkader. Auch sonst werden die Aborigener ein oenotrischer Stamm genannt [6]. Die Aborigener waren somit Illyrier. Der Name der Epeer, die unzweifelhaft der illyrischen Urbevölkerung von Hellas angehören, erscheint auch mehrmals auf dem Boden Latiums [7]. Da die Epeer in Elis sassen, so nannten andere die Epeer Latiums geradezu Eleer. Von den Albanern sagt Dionys [8], dass sie aus Arkadern, Pelasgern, Eleern und Trojanern bestanden. Auch Elymer werden von Hellanikos von Lesbos (Dion. I, 22) in Italien genannt, die an die illyrischen Elymer Macedoniens und die Elymer in Sicilien, erinnern. Die genannten Stämme gehören aber sämmtlich dem illyrischen Völkerzweige an. Die Siculer [9], deren Name uns bereits als ein echt illyrischer erschienen ist, werden also als die seit Menschengedenken ältesten Bewohner der unteren Tiberlande genannt. So soll Gabii [10] von den siculischen

---

[1] Hygin. ap. Serv. ad Aen. VIII, p. 681.

[2] Dionys I, 10.

[3] Dionys I, 12.

[4] Dionys I, 13.

[5] Praeh. Ethnologie der Balkanhalbinsel. p. 45.

[6] Dionys I, 79.

[7] Dionys II, 1.

[8] Dionys II, 2.

[9] Dionys I, 9. Virgil Aen. VIII, 795. Plinius III, 9. Gellius I, 10. Sil. Ital. VIII, 356. Serv. zu Aen. I, 2 und VII, 795.

[10] Solinus 8.

Brüdern Galatius und Bius gegründet worden sein. Auch Aricia [1]) galt als eine Gründung des Siculers Archilochus. In diesen siculischen Städten fand Dionys [2]) bei seinen Gewährsmännern wirklich Einrichtungen, welche einst auch in Griechenland im Gebrauch waren, so die argolischen Schilde und Lanzen, das Institut der Fetialen, den Bau der Tempel, die Opfer und dergleichen mehr. Der Tempel zu Phalerium soll gerade so gebaut gewesen sein, wie der Tempel Junos in Argos, der Ritus und das Institut der Priesterinnen soll an beiden Orten gleicher Art gewesen sein. Die alten Städte der Siculer oder Aborigener waren in historischer Zeit zum grösseren Theile bereits verschwunden [3]), oder sie waren bedeutungslose Dörfer. Ortsnamen, wie Trebula, Cursula, Vesbola, Mephyla, Suna, Matiera, Lista, Batia, Tiora, die so unlateinisch klingen, werden in historischer Zeit kaum mehr genannt.

Lista heisst die Metropole der Aborigener. In Tiora soll ein ähnliches Orakel gewesen sein, wie im illyrischen Dodona [4]). Von vielen dieser Orte waren zu Dionys' Zeiten nicht einmal Trümmer übrig, wie z. B. von der campanischen Stadt Larissa, die an die vielen vorgriechischen Larissas erinnert. Ein solcher siculischer Ort war ferner Alba, das schon in vorhistorischer Zeit von den einwandernden Latinern zerstört worden ist. Die Albaner erinnern auch wirklich an die illyrischen Albaner des Ptolemaeus. Alba muss ein Gebirgsname sein, denn auch in Karien wird ein Albanerberg genannt. Mit dem latein. „albus“ hat der Berg nichts gemein, da er schwarz ist. Dass in Alba auch Pelasger, Eleer, Arkader und Trojaner genannt werden, kann uns bei einer illyrischen Stadt nicht wundern. Die italischen Trojaner dürfen aber keineswegs von den Kleinasiatischen abgeleitet werden. Troja war ein sonst bekannter illyrischer Ortsname. Nach Steph. v. Byz. hiess eine chaonische Stadt Troja, so war auch der alte Name Ardeas. Livius [5]) erzählt, dass noch zu seiner Zeit im Gebiete der illyrischen Veneter ein Troja existirte.

Im Jahre 1817 wurde im Albanergebirge eine Nekropolis entdeckt, die von vulcanischen Peperin bedeckt war. Die dort gefundenen Thongefässe mit der genannten geometrischen Ornamentik

---

[1]) Solinus 2.
[2]) Dionys I, 21.
[3]) Dionys I, 14.
[4]) Dionys ebenda.
[5]) Livius I, 1. cfr. Plinius III, 19. Venetos Trojana stirpe ortos auctor est Cato.

sprechen ebenfalls dafür, dass die Albaner der Urbevölkerung Italiens angehört haben. Dies beweisen auch die Personen-Namem der nach Rom versetzten Albaner. Die aus Alba stammenden Cluilii oder Cloelii führen das Cognomen Siculus, so Q..Cloelius Siculus, Titus Cloelius Siculus. Sowohl in Alba, wie in Lavinium wird ein Aegestos [1] genannt. Aegestos war der Heros der sicilischen Stadt Egesta oder Segesta. Dass Egesta illyrisch ist, beweist ihr Vorkommen in Pannonien [2]. Segesta hat sich desshalb immer auf ihre Verwandtschaft mit Rom berufen [3]. Die Ueberzeugung der Segestaner von ihrer Verwandtschaft mit Rom ist schon in ziemlich früher Zeit bezeugt, nämlich aus der Zeit des ersten punischen Krieges [4]. Dass mit dem genannten Aegestos der Name des Aegisth, des Mörders Agamemnons identisch ist, kann als ein neuer Beweis für unsere Ansicht gelten, dass die Helden des trojanischen Krieges mit dem Hellenenthum ursprünglich nichts zu thun haben. Aegestus wird ferner der Sohn des Numitor genannt, dessen Tochter Rhea oder auch Ilia hiess. Ilia ist aber sicherlich ein illyrischer Name. Der zweite Name, Rhea, lässt sie als die thrako-phrygische, in dem einst von Illyrern bewohnten Kreta, verehrte Bergmutter Cybele erkennen. Auch der Name Silvia erweist sich durch den Ortsnamen Silvium im Gebiete der Poediculer, als ein illyrischer. In dem sicilischen Segesta kommt der Name Aimylios vor [5]. Der albanische Amulius, Bruder des Numitor, ist somit ein illyrischer Personenname.

Amulius wird ein Sohn des Aeneas genannt, sonst heisst er Mulus oder Mylos [6]. Mylos heisst bei Pausanias III, 1, ein Sohn des lakonischen Lelex. Myle ist eine sicilische Stadt, Mylasa und Milessos (Milet) heissen die Städte des Mylos, cfr. skr åça, Stadt. Von Amulius leiteten sich die römischen Aemilier ab [7].

Aemilius Paulus ist auch wirklich ein unlateinischer Name. Paulus heisst nämlich auch ein Peuketier (Japyger), der den spartanischen Abenteurer Kleonymos zu vergiften versuchte. Polus, Paulus, Paullus, Pyllos kommt auf Münzen von Arpi und Salapia in

---

[1] Dionys I, 67.

[2] Die Pannonier waren ein illyrischer Stamm.

[3] Cicero in Verrem IV, 33. Segestani non solum perpetua amicitia, verum etiam cognatione se cum P. R. conjunctos esse arbitrantur.

[4] Zonaras VIII, 9—11.

[5] Plutarch, parall. 35. ἐν Αἰγέστῃ τῇ πόλει τῆς Σικελίας ἐγένετό τις ὠμός τύραννος Αἰμύλιος.

[6] Festus. p. 224.

[7] Sil. Pun. VIII, 295.

Japygien öfters vor [1]). Pulus verhält sich zu Apulus wie die illyrischen Penesten zu den apulischen Apenesten. Aemylia [2]) heisst eine Tochter des Aencas und da Numitor, nach Klausen, nur eine Nebenfigur des Aeneas ist [3]), so ist es sehr wahrscheinlich, dass Aemylia mit Rhea Silvia identisch ist. Es ist also erklärlich, dass dieser Name in den Inschriften Japygiens oft vorkommt, so Aemilia in Barium [4]), Amilia in Venusia, Aemilius in Aeclanum Apulum. Unter den populi albenses werden Venetulani genannt. Der Name der illyrischen Veneter wird wahrscheinlich damit zusammenhängen. Zu den populi albenses zählt ferner Plinius [5]) Aesula, da Aesula auch Asculum genannt wird, so ist auch dieser Name gleichen Ursprungs mit dem apulischen. Die Endung „uli“ kommt oft bei illyrischen Völkernamen vor z. B. Poediculi, Satriculi, Siculi, Apuli, Rutuli oder bei Ortsnamen „ula“ und „ulum“, so z. B. Metulum in Dalmatien, Asculum in Apulien u. s. w. Als albanische Colonie galt auch Cameria, das an das sicilische Camarina und das kretische Camara und das rhodische Camiros erinnert, ferner Nomentum, Crustumerium und Fidenae [6]). Die Endung „entum“ bei Städtenamen haben wir bereits in Japygien kennen gelernt. Wenn nun Tarentum Taras, Uzentum japygisch Ozas hiess, so wird Nomentum in der Sprache der Siculer Latiums Nomas gelautet haben. Gleicher Herkunft ist ferner der Name des Königs Numa. Der Kaiser Antoninus, der Philosoph, zählte unter seinen Vorfahren den König Numa und den sallentinischen König Malennius, den Sohn des Dasumius [7]). Auch dadurch wird seine japygische Herkunft bezeugt. Im Japygischen muss dieser Name Nomas oder Numas gelautet haben, denn die japygischen Personennamen endigen sich gewöhnlich auf „as“, z. B. Artas, König der Mesapier [8]), Dazimas oder Dazomas u. s. w. in den messapischen Inschriften. Die Endung „ntum“ findet sich auch in Laurentum, das einst Larissa geheissen haben soll [9]).

Als Gründer Politoriums wird Polites genannt [10]), ein Name, der schon den homerischen Gedichten in der Heimat des Aeneas

---

[1]) Helbig, Hermes 289.

[2]) Plutarch, Rom 2.

[3]) Bormann: Latinische Chorographie. p. 221.

[4]) Mommsen: Inscriptiones Regni Neapolitani latinae L ipsiae 1852 (600, 736 und 1169).

[5]) Plinius III, 9.

[6]) Verg. Aen. VI, 773.

[7]) Capitol. vita Anton. Phil. c. 4 cfr. Mommsen: Unterital. Dial. p. 71.

[8]) Thucyd. VII, 33.

[9]) Bormann p. 106.

[10] Nach Cato bei Serv. zu Aen. V, 564.

bekannt war [1]). Tolerium gehörte zu den populi albenses. Pedum wird von Steph. von Byzanz eine Stadt der Ausonier genannt und mag mit dem Namen der Poediculer gleichen Ursprungs sein. Tellene wird von Dionys eine Stadt der Aboriginer genannt, Capena stellt sich zu Capua. Als eine ächt illyrische Stadt erweist sich Ardea, denn nach Steph. v. Byzanz gab es auch in Illyrien eine Stadt Ardea und ein Volk Ardiaeer; deshalb gab es auch im latinischen Ardea einen Daunus [2]). Der Name des Ardeaten Turnus bezeichnet sicherlich einen Tyrrhener. Dieselben waren nach dem Glauben des gesammten hellenischen Alterthums Illyrier [3]) und noch jetzt findet sich ihr Name in Albanien vor. Myrsilos von Lesbos [4]) nannte die italischen Pelasger geradezu Tyrrhener, auch Varro identificirte die Tyrrhener mit den Pelasgern. Dass der Name der Tyrrhener auf die unter-italische Bevölkerung von japygischer Herkunft angewendet wurde, ist aus folgender Stelle des Steph. von Byzanz zu ersehen: Βρέττος ὅπλις Τυρρηνῶν ἀπὸ Βρέττου τοῦ Ἡρακλέους καὶ Βαλητίας τοῦ Βαλήτου.

Auch der messapische Name findet sich in diesen Gegenden, so heisst ein Volsker aus Privernum Metabus [5]). Metabus [6]) hiess auch der Gründer von Metapont in Unteritalien. Wenn nun ferner Charax [7]) berichtet, dass Ardea einst Troja geheissen habe, so ist der illyrische Ursprung dieser Stadt hinlänglich erwiesen; daher wird auch Venus, die Göttin der Illyrier und Thracier in Ardea ganz besonders verehrt.

Die Luceres in Rom sollen nach einem ardeatischen Könige Lucerus benannt worden sein [8]). Lucerus weist nach Luceria im Lande der Daunier hin. Ardea heisst auch sonst geradezu eine dau-nische Stadt [9]).

Gabii soll eine siculische Gründung gewesen sein [10]). Eine uralte Stadt war ferner in Latium Praeneste. Die Ausgrabungen in Praeneste deckten zweierlei Gattungen von Grabstätten auf. Einige derselben sind einfache Sarkophage aus einem blaulichen vulcanischen Stein gehauen und stammen aus den vier letzten Jahrhunderten der

---

[1]) Ilias, VII, 336—343.

[2]) Vergil. Aen. VIII, 370.

[3]) Fligier: Zur praeh. Ethnologie der Balkanhalbinsel, p. 38.

[4]) Dionys I, 23. Serv. zu Aen. VIII, 660.

[5]) Vergil. XI, 540 u. ff.

[6]) Serv. zu Aen. XI, 543.

[7]) Steph. v. Byz. Τροία.

[8]) Festus. p. 89.

[9]) Vergil. Aen. 794, X. 615, 688, XII. 22, 934.

[10]) Solinus 2.

Republik her. Die anderen Grabstätten sind unterirdische Grüfte aus unbehauenem Tuffstein gewölbt und gehören einer viel älteren Epoche an. Unter den Schmuckgegenständen fand sich ein Gegenstand, der einer grossen Fibula gleicht und offenbar auf ein Kleidungsstück aufgenäht wurde. Die Ränder und die Mittellinie sind mit a meandro ornamentirten Bändern geziert, die in einen Löwenkopf auslaufen. Conze hat das Fehlen des Löwen als das Charakteristische der geometrischen Ornamentik bezeichnet. Wenn schon die Löwen von Mykenae dagegen sprachen, so wird diese Ansicht durch den genannten Fund vollends widerlegt.

Als Gründer von Praeneste wird entweder Praenestos, ein Enkel des Ulysses, oder Caecades, ein Trojaner und Gefährte des Aeneas genannt. Der Name des Königs Herilus [1]) von Praeneste, kommt noch in historischer Zeit in Griechenland vor und gehört auch dort der vorgriechischen Bevölkerung an. Wenn nun auch in Praeneste, wie in allen übrigen latinischen Orten die Urbevölkerung von den einwandernden Latinern unterjocht und latinisirt wurde, so erschien doch ihr Dialekt dem Römer Lucilius [2]) fremdartig. Tibur war von Aboriginern gegründet [3]) und galt auch nach Steph. v. Byz. als eine hellenische Stadt, d. h. die Bewohner waren mit einem Theile der griechischen Urbevölkerung gleicher Abstammung. Tibur hiess auch nach Dionys Sicelion. Cato [4]) berichtete, dass Tibur von dem Arkadier Catillus, welcher die Flotte des Evander führte, gegründet sei. Dieser Catillus wird ein Sohn des argivischen Amphiaraos genannt. Als seine Söhne werden Tiburtus, Corax und Catillus angeführt. Der Name des Catillus stellt sich zu Kotyle oder Kotylia (Cutiliae) [5]) im saturnischen Sikelerlande.

Corax kommt als Bergname in Griechenland und im Kimmerierlande vor. Vergil [6]) erwähnt einen Tiburtiner Venulus, Servius bemerkt dazu, hunc fuisse constat Argivum. Lavinium erweist sich durch die Sagen von Aeneas als eine siculische Stadt. Nach Dionys wäre Lavinia eine Tochter des delischen Königs und Priesters des Apollo Anius und begleitete den Aeneas entweder als Gattin oder als Seherin. Anius ist wohl mit Ennius und Aeneas identisch. Auch

---

[1]) Vergil. Aen. VIII, 566, dazu Servius.

[2]) Quintilian. I, 5, 55.

[3]) Dionys I, 13.

[4]) Solin I, 7.

[5]) Dionys I, 19.

[6]) Vergil. Aen. XI, 741.

Lanuvium ist wegen des Cultes der argivischen Juno und der Sagen von Diomedes [1]) der Urbevölkerung zuzuweisen.

Der berühmteste Heros der Illyrier war Aeneas. Es ist unzweifelhaft, dass Illyrier einstens vor den phrygischen Stämmen in Kleinasien gewohnt haben. Dort finden sich Veneter in der Nachbarschaft der Paphlagonier, wie in Italien, Aeniates war ein stark verbreiteter paphlagonischer Eigenname. [2]) Ebenso wurde Aeneas bei den Illyriern in Epirus und in Sicilien verehrt — am meisten aber in Latium. Die Vorstellung von Aeneas, insofern er Sohn der Venus ist, hat nach den Untersuchungen Klausen's [3]) ihren Mittelpunkt in Ardea; insofern er die Penaten bringt in Laurentum. Als der Sohn der gefälligen Göttin vertritt er das Recht der Siculer. Seine Wanderungen in Thracien, Delos, Kreta, Epirus, Sicilien und Latium lassen in ihm leicht den wandernden Mondgott erkennen, umsomehr als in der Sprache der heutigen Albanesen der Mond Enne oder Venne heisst. Die Schreibart Ennius, Malennius ist somit richtiger als Anius. Annius Rufus kommt auf canusinischen Münzen vor. [4]) Der Name Aeneas war in Sicilien noch zu Cicero's [5]) Zeiten als Personenname im Gebrauch. Auch auf ephesischen Münzen führte ein Beamter den Namen Aeneas. [6]) Klausen hat mit Recht den Numitor eine Nebenfigur des Aeneas genannt. In dem apulischen Gnathia kommt Numitorius vor (Mommsen 593), ein neuer Beweis, dass Numitor der japygischen Urbevölkerung angehört hat. Neben dem milden Numitor oder Aeneas erscheint sowohl in Sicilien wie in Latium der finstere, böse Amulius (Αἰμύλος). Es ist derselbe Dualismus, der uns aus den Mythen sämmtlicher arischer Völker bereits bekannt ist. Die Illyrier verehrten neben dem Mondgotte ebenso sehr die Mondgöttin, die sie Venus nannten. Ihr Name ist echt illyrisch; das beweist sowohl die japygische Stadt Venusia, [7]) als auch das albanesische Wort venne „Mond". Bezeichnend ist es, dass Venus die Göttin der Plebejer gewesen ist, daher fehlt ihr Name in den Liedern der Salier, die patricisch gewesen sind. Auch im Namen der thrakischen Mondgöttin Vendis (Bendis) mag der Stamm Ven enthalten sein. Die Thrako-

---

[1]) Cfr. Appian B. C. II, 20.

[2]) Strabo XII, 3.

[3]) Klausen: Aeneas und die Penaten. 1839. II, p. 809.

[4]) Mommsen: Unterital. Dial. p. 86.

[5]) Cicero in Verrem III, 73.

[6]) Klausen I, p. 27.

[7]) Venusia soll von Diomedes zu Ehren der Venus gegründet sein. Serv. Aen. XI, 246.

Phryger haben mehrere Culte mit den Illyriern gemein gehabt. Aus dem Mondgott und der Mondgöttin haben sie ein Mannweib, die Agdistis gebildet. Agdistis ist aber nur eine Nebenfigur der Aphrodite-Kybele.

Die erste Niederlassung des Aeneas soll Troja gewesen sein, und es gab wirklich nach Servius an der Mündung der Tiber ein Troja. Auch Rom, das in den Sagencyclus des Aeneas verflochten war, ist ein uralter Ort. Am Esquilin sind wichtige archäologische Funde gemacht worden, die denen von Albano sehr ähnlich sind. [1] Wir stimmen mit Rossi [2] vollständig überein, wenn er die Ornamentik der alten latinischen Vasen den prisci Latini zuschreibt. Unter den prisci Latini verstehen wir, was schon der Name sagt, die alte (illyrische) Bevölkerung Latiums, zu der sich später ein sabinischer Stamm gesellt hat, der als der Herrschende dem Unterworfenen seine Sprache aufdrang. So hat auch Niebuhr gesehen, der wie so oft, so auch hier im Gegensatz zu späteren Forschern, das Richtige getroffen hat. Nach ihm sind die prisci Latini ein besonderer mit den Latinern verschmolzener Stamm. Nach Dionys sind sie Albaner, d. h. Illyrier. [3]

Wenn nun Rom ursprünglich eine Colonie von Alba genannt wird, so ist auch diese Stadt von der Urbevölkerung gegründet worden. Alle etymologischen Deutungen dieses Namens aus dem Lateinischen erwiesen sich als willkürlich. Dass Roma kein lateinischer Name sei, wurde als selbstverständlich angenommen (vergl. Niebuhr p. 301). Nach Klinias [4] war Rome Tochter des Telemachus und Gemalin des Aeneas. Nach einer anderen Sage erzeugte Latinos, der Sohn des Telemachus mit Rome, der Tochter einer Troerin, den Romulus [5].

Kallias, der die Geschichte des Agathocles schrieb und ein Zeitgenosse des Timaeus war, hält Rome für eine Troerin. Den griechischen Schriftstellern war es also bekannt, dass der Name Rome nicht-lateinischen Ursprungs war. Schwegler [6] hat den Namen Romulus = Romanus für ein Adjectiv erklärt. Romulus ist ein siculischer Völkername, gebildet von Siculus, Apulus u. s. w. Romylos galt auch nach Angabe des Gergithiers Kephalon (Etym. M.) als Gründer

---

[1] Bulletino della paleoetnologia italiana I, 138.

[2] Rossi, le scoperte e gli studi paleoetnologici dell' Italia centrale. Roma 1872. p. 37.

[3] Cfr. Livius I, 3, Serv. zu Aen. V, 598.

[4] Bei Servius I, 277.

[5] Plutarch, Romul. 2.

[6] Schwegler: Römische Geschichte.

der Stadt Capua, deren Namen wir in Arkadien, Dacien und im Kimmerierlande gefunden haben. Neben Romylos erscheint überall Remos. Auch in Capua wird Remos als Gründer genannt [1] Der Historiker Xenagoras erzählte, dass Ulysses mit der Kirke drei Söhne gehabt habe, den Remos, Antias und Ardeas. Dionys von Chalkis nennt den Remos einen Sohn des Ascanius. Wenn nun Remos, nach Dionysos auch ein Sohn des Emathion heisst, so wird auch hier sein Name durch das macedonische Emathion als ein illyrischer erwiesen. Wenn ferner Antiochus, dessen Zeugniss hier von der grössten Wichtigkeit ist, erzählt, dass zum König Morges ein Siculer aus Rom gekommen sei, so müssen in Rom wirklich Siculer gewohnt haben, oder Rom ist vielmehr eine siculische Gründung. Da die alten Illyrier, wie wir bereits gesagt haben, von den Griechen auch Tyrrhener genannt wurden, so. ist erklärlich, dass nach Dionys [2] einige Historiker Rom für eine tyrrhenische Stadt erklärt haben. Der mons palatinus soll ursprünglich von einer arkadischen Colonie bewohnt gewesen sein und er erinnert wirklich an das arkadische Pallantion [3]. Uralt ist in Rom der vorrömische Cultus des Hercules an der ara maxima [4]. Ihm wurden zugleich mit der Ceres (wohl Rhea) Opfer gebracht. [5]

Auch Numa (siculisch wohl Nomas) gehört der Urbevölkerung an.

Aus dem Stamme der illyrischen Luceres war der dritte König Tullus, den die Sabiner den Fremden (hostilius, wohl von hostis) nannten. Er soll wegen seiner berühmten Kämpfe mit den Sabinern König geworden sein. Von den Sabinern wurde er auch gestürzt. Die Latinisirung Latiums ist ein Werk der Sabiner. Der Name der Latiner mag mit viel grösserem Rechte der Urbevölkerung angehören. Auf diese Weise wird uns klar, dass Hesiod [6] den Graekos und Latinos Brüder genannt hat. Graekos ist ja, wie es schon Helbig gezeigt hat, ein illyrischer Name, folglich ist es auch der des Latinos. An einer anderen Stelle erscheinen in der Theogonie als Söhne des Odysseus und der Kirke Agrios und Latinos; Agrios ist ein illyrischer Volksname. Agraeer gab es in Aetolien (Strabo X, 2). Agra,

---

[1] Dionys I, 75.

[2] Dionys I, 29; Scylax 5.

[3] Servius 2. Aen. VII, 795 berichtet: »Ubi nunc Roma est, Sicani fuerunt, quos populerunt Aborigines.« Ob unter diesen Sikanern die Siculer oder wirklich iberische Sikaner zu verstehen sind, lässt sich nicht entscheiden.

[4] Livius I, 7.

[5] Macrob. III, 11.

[6] Lydus de mensib. I, 13.

einen Ort in Attika, Agriades in Elis. Die Agrianer waren ein thrakisches Volk, die Agri, ein zweiter thrakischer Stamm an der Maeotis (Strabo XI, 2). Agrius wird von Homer XIV, 117 in Aetolien genannt.

Es ist somit erwiesen, dass in der Epoche, in welcher die hesiodischen Gedichte entstanden, Latium nur von illyrischen Stämmen bewohnt war. Die Zusammenstellung der Brüder Agrios und Latinos ist wahrhaftig nicht so sehr befremdend, wie Helbig meint. Die lateinische Sprache sollte eigentlich die sabinische genannt werden.

Die Sabiner schlossen sich als Patricier von den prisci Latini, aus denen die plebs bestand, streng ab. Hauptsächlich waren es die sabinischen Culte, von denen die Plebejer ausgeschlossen waren.

Dass unsere Anschauung die richtige ist, geht daraus hervor, dass auf der iguvinischen Tafel die Japygier mit anderen illyrischen Stämmen vom umbrischen Gottesdienste, ganz so wie es in Rom der Fall war, ausgeschieden werden. Auch sonst bestand zwischen Umbrern und den unterworfenen Japygiern ein bitterer Hass [1] also wiederum dieselben Verhältnisse wie in Rom. Nicht minder bedeutend war der Hass zwischen den sabellischen Patriciern und den illyrischen Plebejern in allen Städten Latiums und des Volskerlandes. So war es auch in Ardea. Die ardeatische plebs erhält Hilfe von den stammverwandten Volskern. Der Führer der Volsker heisst Aequus Cloelius. Den Namen Aequus schreiben die Griechen Αἴκλος oder Αἰκίλιος, auch in Athen kam ein Aeklos vor. Strabo sagt, dass die Namen Aeklos, Kodrus barbarischen Ursprungs sind, d. h. sie gehören der Urbevölkerung an. Den Namen Cloelius haben wir bereits als einen siculischen erwiesen.

Auch unter den römischen Namen sind viele illyrischen Ursprungs. Den Namen Aemilius Paulus haben wir bereits als einen illyrischen erkannt.

Mit dem schon genannten Namen der Aequer mag auch der Name des römischen Aquilii zusammenhängen und wirklich sagten die Alten von ihnen, dass sie dardanischer Herkunft gewesen sind [2]. Sie waren Plebejer, da mehrere von ihnen Tribunen gewesen sind [3]. Eine Nebenform zu Aquilius muss Acilius gewesen sein, denn er entspricht noch besser dem griechischen Αἰκίλιος. Die Junier leiteten sich von Marcus Junius (Μάρκος Ἰούνιος), einem Genossen des

---

[1] Bücheler: Populi iguvini lustratio. Bonnae 1875. p. 10.

[2] Auson, 24.

[3] Livius XXXII, 29; XXX, 40.

Aeneas ab. Die Junier waren Daunier, denn es wird erzählt [1]), dass Junios ein Sohn des Daunos, den Diomedes auf der Jagd ermordet hat. Es ist auffallend, dass wirklich ein Junius Albanus in dem apulischen Luceria vorkommt [2]) desgleichen ein Junius in Tarent. [3]) Der Name Marcus muss dann auch der Urbevölkerung angehören und wirklich kommt Morkos auf den messapischen Inschriften öfters vor [4]). Helbig [5]) hat sehr richtig mit Morkos die bruttischen Morgeten verglichen. Zu den aeneadischen Familien gehören ferner die Geganier, die mit den Juliern und Cloeliern nach Albas Zerstörung in Rom aufgenommen wurden [6]), ferner die Sergier, zu denen bekanntlich Catilina gehört hat, die von Sergestus abgeleitet werden [7]). Sergestus ist ähnlich gebildet wie Segesthus. Sergius und Sergia kamen auch in Unteritalien vor (Mommsen p. 12).

Vergil ist einer alten Tradition gefolgt, wenn er den Julus von Alba ableitet, denn auch der Albanerberg hiess mons Juleus [8]). In Apulien kam der Name Julius oft vor [9]). Die Calpurnier leiteten sich von dem albanischen Könige Calpetus ab. Bei den Posthumiern [10]) kommt der Name Dasius vor. Dasos, Dasius, Dasomas, Dasimius ist der verbreitetste Name Unteritaliens und kommt auch in Dalmatien vor. Der Name Mamilius ist so gebildet wie Aemylius und wirklich führten die Mamilier das Cognomen Vitulus (Niebuhr I, 16) oder Italus, das an die Urbevölkerung erinnert. Octavius Mamilius heisst ein Sohn des Telegonus, Sohnes des Ulysses und der Kirke. Die Sagen von Ulysses und der Kirke waren aber bei den Illyriern Italiens ganz besonders verbreitet. Der Name Tyrrhenus oder Turnus, d. h. der Tyrrhener oder Illyrier, kommt auch in der Familie der Mamilier vor. (Niebuhr 47.) Die Decier werden vom Tragiker Attius Aeneaden genannt; dass diese Tradition richtig ist, geht daraus hervor, dass Deciani als ein calabrisches Volk von Plinius erwähnt werden. Brutus ist ferner die lateinische Form für das japygische Brettos (der Brutier). Brutulus Papius [11]) ist die an-

---

[1]) Schol. Il. V, 412.

[2]) Mommsen: Inscript. regn. neapol, p. 938.

[3]) Mommsen: Inscript. regn. neapol., p. 578.

[4]) Mommsen u. D. p. 81.

[5]) P. 289.

[6]) Livius I, 30. Dionys III, 29. Serv. zu Aen. V, 117.

[7]) Serv. Verg. Aen. V, 121.

[8]) Mart. XIII, 109.

[9]) Mommsen, p. 501, 502, 503, 582, 583.

[10]) Gruter: Descript. 986, 12.

[11]) Livius VIII, 39.

dere siculische Form gebildet wie Apulus, Siculus. In Unteritalien ist Brittius inschriftlich bezeugt (Mommsen 400). Dass auch der zweite Begründer der Republik Valerius der Urbevölkerung angehört hat, geht daraus hervor, dass ein C. Valerius Albanus inschriftlich bezeugt ist. Valerius oder Alèrius mit dem Digamma ausgesprochen, heisst der Mann aus Aleria. Valerius kommt auch in dén unteritalischen Inschriften vor (Mommsen 780). Der Name der Plotier oder Plautier ist ein japygischer, da Plotios [1]) als Magistratsname auf den Münzen von Salapia oft vorkommt.

Aus diesen wenigen Beispielen, die noch bedeutend vermehrt werden können, ist ersichtlich, dass ein Theil der römischen Personennamen illyrischen Ursprungs ist.

Was die Aequer und Aequiculer anbetrifft, so beweisen schon die Namen dieser kleinen Völker, dass sie der Urbevölkerung angehören. Der Aequiculer Gracchus Cloelius [2]) erinnert an die albanischen Cloelier, Sertor Resius [3]) an den stark verbreiteten thrakischen Namen Resos [4]).

Das Fetialrecht, das nach Dionys auch in Griechenland bekannt war, sollen die Römer von den Aequiculern oder Ardeaten entlehnt haben. [5]) Als Nachbarn der Aequer werden von Strabo [6]) Kureten genannt. Wenn nun einst in Italien die thrako-phrygische Rhea verehrt worden ist, so ist auch erklärlich, dass sich dort die Kureten, ihre Priester, vorfanden. Auch andere Spuren illyrischer und thrakischer Dienste finden sich in diesen Gebieten.

Bei den illyrischen Encheleern wurde Kadmos verehrt, so wie auch Theben einst Enchelea geheissen hat. In Samothrake tritt Kadmos in engen Anschluss an die Demeter und Kore. Die Demeter hiess in der Sprache dieser Völker Rhea oder Cybele, der Name Kores ist nicht bekannt. Wir glauben, dass er Kadmila oder Kamila gelautet habe und wirklich kommt auch im Volskerlande Camilla [7]), als eine Tochter des Metabus vor. Die Volsker gehören ebenfalls der illyrischen Urbevölkerung an. Ein Volsker Cloelius kommt bei Livius [8]) vor. Der Volsker Egnatius (Mommsen u. D. p. 325) stellt sich zu der apulischen Stadt Gnathia, Egnathia, Ignatia. In Apiola

---

[1]) Mionnet: Inscript. I. p. 133, p. 334.

[2]) Livius III, 25.

[3]) Mommsen u. D. p. 319.

[4]) Fligier: Beiträge zur Ethnographie Kleinasiens. Breslau 1875. p. 9.

[5]) Dionys II, 51.

[6]) Strabo V, 3.

[7]) Vergil. Aen. XI, 571.

[8]) IV, 9.

mag das kimmerische (thrakische) Wort für Erde, das auch sonst in den Ländernamen Pelopia, Dryopia, Dolopia u. s. w. vorkommt, enthalten sein. Amuclae [1]), Apina und Trica [2]) haben wir schon genannt. Zu Antium stellt sich Anteia, ein von Homer erwähnter Ort in Messenien. Cajeta erweist sich durch die aeneadischen Sagen als illyrisch [3]). Wenn Strabo [4]) erzählt, dass Formiae von Laconien aus gegründet sei, so heisst das so viel, dass beide Länder ursprünglich eine gleiche Bevölkerung gehabt haben. Terracina hiess früher Trachine cfr. das griechische Trachis. Norba findet sich im Volskerlande und in Calabrien. Zu Anxur stellt sich Anxanum in Daunien, eine Stadt im Lande der Marser, ein Vorort bei den Frentanern und Anxa später Kallipolis am tarentinischen Meerbusen. Ausserhalb Latiums sind illyrische Spuren ebenso zahlreich.

Ravenna soll von Thessalern [5]) gegründet sein, aber auch in Thessalien fanden sich illyrische Penesten. Zu Buca im Frentanergebiet stellt sich vielleicht Buchetion in Epirus. Der Fluss Truentus und die Stadt Truentum in Picenum haben die japygische Endung „-entum“ bei Städtenamen. Diese Gegenden waren früher liburnisch [6]). Ancona [7]) und Hadria [8]) waren früher siculisch. Am marsischen See Fucinus lag Alba (Fucentina), an diesem See soll Aeneas eine Burg gegründet haben. [9]) Es ist interessant, dass gerade in der Nähe von Alba Fucentina zwei Disci von Bronze gefunden wurden, die von dem berühmten Archäologen Grafen Conestabile, dem uns schon bekannten altlatinischen, vom orientalischen Einflusse unabhängigen Style zugezählt werden. [10]) Oebalisch heissen bei den römischen Dichtern die Sabiner. [11]) Einer der ersten mythischen Herrscher Spartas hiess Oebalos cfr. die thrakischen Personennamen Bubalus, Decebalus, Dribalis, Varbalus [12]) und $\beta\alpha\lambda\dot{\eta}\nu$ $\beta\alpha\sigma\iota\lambda\epsilon\dot{\nu}\varsigma$ $\varphi\rho\nu\gamma\iota\sigma\tau\iota$. Auch sonst kommt Oebalos in Italien vor. Er soll

---

[1]) Varro bei Plin. VIII, 29. III, 5. Solin 2.

[2]) Plinius III, 10.

[3]) Strabo VII, cfr. 21.

[4]) Strabo V, 3.

[5]) Strabo V.

[6]) Plinius III, 15.

[7]) Solin. II, 10.

[8]) Plin. III, 14.

[9]) Lycophron 1239—1280.

[10]) Sovra due dischi in bronzo antico-italici e in altre parti di Europa. — Ricerche archaeologiche comparative del Conte Conestabile. Torino 1874.

[11]) O. F. I, 260.

[12]) Fligier: Zur praeh. Ethnologie der Balkanhalbinsel. p. 44.

südwestlich vom Vesuv, am felsigen Capreae geboren sein, cfr. V. A. VII, p. 734. Auch im Sabinerlande lässt sich also die illyrische Urbevölkerung nachweisen. In Reate wurde deshalb auch die thrakophrygische Göttermutter verehrt. [1] Das Sabinerland muss auch einmal Sikelia geheissen haben, denn pelasgische Auswanderer werden vom dodonaeischen Orakel angewiesen, nach dem saturnischen Sikelerlande zu ziehen und zwar nach dem sabinischen Cutiliae (Κοτύλη Κοτυλία). In der Sprache der Ureinwohner muss Cutiliae eine Bezeichnung für Berg gewesen sein, denn in Mysien lag ein Berg Kotylos und auf Euboea ein Bergrücken Kotylaeon. Geraunische Berge werden von Dionys in die Nähe von Reate versetzt, im Gebiete der Messapier werden keraunische Berge genannt [2] und bekanntlich in Illyrien. Der See Velinus bei Reate [3] stellt sich zu Velia. Avellanus, Avellinus und die campanische Stadt Abella verhalten sich zu Velia, wie Penesten zu Apenesten, Gyges zu Ogyges, Briareos zu Obrariareos, das altillyrische Aspetos zu albanesisch speite = schnell, eine Erscheinung, die ich der Aufmerksamkeit der Sprachforscher anempfehle. In Reate [4] wurde ein Gott Enyalios verehrt, den die Sabiner und nach ihnen die Römer den Quirinus nannten. Enyalios ist gewiss nicht umbro-sabellischen Ursprungs, er ist so gebildet, wie der paeonische Sonnengott Dyalos cfr. albanesisch δjελ Sonne. Tebae bei Reate erinnert an einen Hügel und Ort in Laconien, an Theben, ferner Thebasa oder Thebenda in Kleinasien. Tebae hiess nach Varro de re rustica III. 1. 6 in der lingua prisca der Berg, deshalb der Berg Tifata in Campanien. Zur Stadt Bojanum in Samnium stellt sich Bojum eine Stadt im Pindusgebirge. Scylax von Caryanda [5] nennt in Samnium der Sprache nach verschieden, die Laternier, Opiker, Kramoner, Boreontiner, Peuketier. Scylax hat hier wahrscheinlich die den Samniten benachbarten Völker beigezählt.

Diodor erzählt, dass Hercules nach dem Lande um Kyme gekommen sei und wilde Menschen dort angetroffen habe, deren Grösse und Kraft sie als Riesen erscheinen liess. Strabo nennt diese Riesen Leuternioi, die fabelhaften Laestrygonen [6] von Formiae [7]

---

[1] Sil. Pun. VIII, 415.

[2] Scym. Chii frg. 265.

[3] V. A. VII, 712.

[4] Dionys II, 48.

[5] Müller: Gegr. gr. min. I, p. 24.

[6] Das Land der Laestrygonen hiess nach Hesych Lamos und nach Suidas gab es dort eine Stadt Lamos.

[7] Formiae soll auch Hormiae geheissen haben. Serv. A. VII, 695, cfr Hormine oder Hyrmine, Stadt in Elis.

mögen derselben Abstammung gewesen sein. An die Leuternier erinnert Liternum, ein Ort bei Cumae, ferner Leuternia im Sallentinerlande. Wenn nun die Opiker und Peuketier zum Theil dem eigentlichen Samnium nicht angehören, so wird doch die Nachricht des Scylax immerhin wahrscheinlich, dass neben den Sabellern in Samnium auch Illyrier als unterworfene gesessen haben. An den genannten vorhellenischen Namen Aiklos und Aikilios (Aequus Aequiculus) erinnert Aeclanum. Kalesia verhält sich zur illyrischen Stadt Alesia (jetzt noch Alesio), wie Arpi zu Carpi. Die ganze Küste vom Aternus zum Padus soll einst von Pelasgern besessen sein. Auch Picenum soll vor den sabellischen Colonien von Pelasgern bewohnt gewesen sein. Wo später die keltischen Senoner sassen, haben früher nach Plinius Siculer gewohnt, ebenso im Gebiete von Praetatium, Palma und Adria. [1]) Dass Ravenna eine thessalische Stadt genannt wird, ist nach unseren Untersuchungen erklärlich. An die Illyrier Mittelitaliens schloss sich das uralte Volk der Veneter an, wo noch die schnellfliessende Brenta an brentesion (lit brendis), das messapische Wort für Hirsch erinnert. An diese grenzten die Istrier, Liburner, Dalmaten (Dalmatiner), Pannonier u. s. w. lauter illyrische Stämme.

Unsere Ansicht, dass neben den Umbrern sich auch dort die illyrische Urbevölkerung erhalten hat, wird ebenfalls durch die Craniologie bestätigt. In den Gräbern Val. S. Angelo [2]) wurden mit Vasen und wenigen Bronzestücken Schädel gefunden, die einer langköpfigen Bevölkerung angehören. Die Skelette lagen sämmtlich mit dem Kopf nach Osten gewandt. Ein Skelett umfasste mit der linken Hand eine Vase, mit der Rechten eine Amphore. Es fehlte das aes rude, Münzen und Waffen. Nach den archäologischen Beigaben urtheilt Calori, dass der erste Dolichokephalus vorrömischen Ursprungs ist, d. h. er ist vorumbrischen, d. h. japygischen Ursprungs, denn gerade in diesen Gegenden werden Japyger auf den umbrischen Tafeln von Iguvium genannt. In Perugia wurden sogar Grabdenkmäler der Veneter gefunden. Calori glaubt, dass diese Dolichokephalen Umbrer gewesen sind, und kommt durch die ebenso zahlreichen Brachykephalen in Verlegenheit.

Anzunehmen, dass die Umbrer von Haus aus lang- und breitköpfig gewesen sind, ist unsinnig, und wird auch von ihm nicht

---

[1]) Niebuhr, I., p. 33.

[2]) Calori: Della stirpe che ha popolala l'antica necropoli alla Certosa di Bologna, e delle genti affini. Discorso storico-antropologico Memorie dell' Accademia delle scienze dell' instituto di Bologna. Tomo II, p. 527.

behauptet. Er vergleicht daher die umbrischen Brachykephalen mit ligurischen Schädeln und ist, wie vorauszusehen war, zu dem Resultate gelangt, dass die umbrischen Brachykephalen mit den Ligurern in keinem verwandtschaftlichen Verhältnisse stehen können. Er denkt hierauf an die Illyrier von Grotefend auf die richtige Spur geleitet, um sie, da die Geschichte schweigt, nur allsogleich zu verlassen. Den Illyriern oder Pelasgern können die Brachykephalen nicht angehören, da die Japygier dolichokephal waren und ihre Nachkommen es jetzt noch sind. Es ist somit klar, dass die Dolichokephalen, welche die älteren sind, den Illyriern, die Brachykephalen den Umbrern angehören.

Wenn sich nun unter jetzigen Albanesen auch Kurzköpfe vorfinden sollten, so gehören dieselben den Slaven an, da die Albanesen bedeutende slavische Elemente absorbirt haben, worüber die Untersuchungen von Hahn wichtige Aufschlüsse geben und was noch jetzt zahlreiche Entlehnungen aus dem Slavischen in ihrer Sprache beweisen. [1]

VIII.

Nachdem Calori die Illyrier aufgegeben hatte, erklärte er, dass die Aboriginer unzweifelhaft aus Kleinasien stammen. Da ausserdem der berühmte Archäolog Graf Conestabile diese Ansicht auf dem Archäologen-Congress zu Bologna ausgesprochen hat, und auch der Linguist Fabretti ihr huldigt, so ist es nöthig, auf dieselbe näher einzugehen.

Die Sitze der kaukasischen Völker, die zusammengedrängt beide Abhänge des Kaukasus bewohnen, lassen darauf schliessen, dass sie einstens über Kleinasien und Mesopotamien verbreitet waren und dorthin von fremden Völkern verdrängt worden sind. Dass sie noch in historischer Zeit Theile von Armenien besessen haben, geht daraus hervor, dass Herodot [2] in Armenien Alarodier gekannt hat, die den Urardu der Keilinschriften entsprechen, von denen sich Keilschriften am See von Van erhalten haben. Wahrscheinlich ist sogar, dass das Akkadische oder Sumerische mit den Sprachen des Kaukasus in Verbindung steht. Anzunehmen, dass das für die Cultur Vorderasiens bedeutungsvolle Volk der Akkadier turanischen Ursprungs gewesen ist, ist schon deswegen unmöglich, als die übrigen Turanier auf niedriger Culturstufe stehen und nicht erwiesen werden kann, dass sie einst cultivirter gewesen sind. — Es

---

[1] Miklosich: Die slavischen Elemente im Albanesischen.
[2] Herodot III, 94. VII, 79.

ist wohl ein verdienstvoller Gedanke von Hyde Clarke [1]) gewesen, als er auf die grosse anthropologische Verschiedenheit aufmerksam gemacht hat, die zwischen Armeniern und den europäischen Aryern besteht, die aber die Armenier zu den nächsten Verwandten der Kaukasier macht. Mir selbst erschienen die Armenier, als ich zum ersten Male mit ihnen bekannt wurde, als wahre Semiten und erinnerten nur zu oft an assyrische Typen auf den Denkmälern von Ninive. In den nordöstlichen Provinzen Oesterreich-Ungarns, wo sie als Kaufleute, Gutsbesitzer u. s. w. leben, hält man sie für nächste Verwandte der Juden. Da nun ihre Sprache arisch ist, nach Fr. Müller [2]) und Lagarde iranisch, nach Hübschmann sogar europäisch, so glaubte ich an eine starke Vermischung mit Assyrern, um so mehr als mir das theilweise Verschwinden des assyrischen Volkes, von dem wohl die nestorianischen Christen bei Mosul die reinsten Nachkommen sind, unerklärlich war. Es kam ferner dazu, dass die armenischen Berge den von den Medern, Persen, Parthern u. s. w. bedrängten Assyrern Zuflucht bieten mussten und wirklich fand ich bei dem Byzantiner Genesius (ed. Bonn. p. 32) eine Stelle, wo von einer Vermischung armenischer Familien mit Assyrern die Rede ist. Ich suchte daher, da die Sprache wenig Ausbeute zu diesem Zwecke versprach und meine historischen Studien geringe Resultate erzielt haben, eine Autorität auf dem Gebiete der Cranialogie zum Studium armenischer Schädel zu gewinnen, und wandte mich an Dr. J. Kopernicki, der mir auch freundlichst versprach, bei einer entsprechenden Zahl der Objecte, die Untersuchungen vorzunehmen. Nur zu bald habe ich mich indessen überzeugt, dass auch die Perser und besonders die Awghanen oder Puchtaneh, ja sogar Inder oft denselben semitischen Typus darbieten. Es müssen sich demnach in Vorderasien die Aryer, Semiten und vielleicht auch Hamiten mit allophylen Elementen in einer Weise gemischt haben, dass es heutzutage der Wissenschaft schwer fallen dürfte, die genaue Stellung dieser Völker in der Anthropologie anzugeben.

Es ist wiederum ein neuer Beweis für unsere Ansicht, [3]) die allerdings schon früher Th. Benfey ausgesprochen hat, dass

---

[1]) On the prehistoric and protohistoric Relations of the Populations of Asia and Europe etc. By Hyde Clarke Esq., Journal of the anthropological Institute. London 1871. p. 55.

[2]) Ausser den bekannten Schriften Fr. Müller's und Hübschmann's verweise ich ganz besonders auf die soeben erschienene Schrift Fr. Müller's: Ueber die Stellung des Armenischen im Kreise der indogermanischen Sprachen. Wien 1877. Gerold.

[3]) Fligier: Zur praeh. Ethnologie der Balkanhalbinsel. p. 7—10.

Europa, nicht Asien der Ursitz der Aryer gewesen ist. Wären die Aryer aus Asien nach Europa gewandert, so müssten die europäischen Aryer denselben Typus darbieten, wie die asiatischen.

Da nun Kaukasier Armenien vor dem Erscheinen der Aryer bewohnt haben, so muss auch Kleinasien überhaupt einst ein Sitz kaukasischer Stämme gewesen sein. Dass sich in den Sprachresten der kleinasiatischen Völker georgische Elemente vorfinden, wie Hyde Clarke behauptet, ist ebenso unrichtig wie die meisten seiner Behauptungen, die jeglicher vernünftigen Methode spotten. Die geringen Sprachreste sind arischen Ursprungs. [1] Die kleinasiatischen Aryer sind nach den Aussagen der hellenischen [2] Schriftsteller aus Europa eingewandert. Die Macedonier wussten sich sogar zu erinnern, dass die Phryger einstens ihre Nachbarn gewesen sind. Die thrakischen Myser, Bithyner und Marianyner sind nach dem trojanischen Kriege in Kleinasien eingewandert. Dass neben Thrako-Phrygern auch Illyrier in Kleinasien gesessen haben, ist evident, deshalb waren Ortsnamen wie Troja in Kleinasien, Epirus, Latium, im Veneterlande, ebenda auch die Sagen von Aeneas verbreitet. Die Herleitung irgend eines arischen Stammes aus Kleinasien ist daher unwissenschaftlich.

Im alten Felsina (Bologna) wohnten nebeneinander Japygier und Umbrer. Von den besser erhaltenen Schädeln von Certosa waren eilf dolichokephal und fünf brachykephal. Dasselbe Verhältniss findet sich bei den Schädeln von Morzabotto. Es ist sicher, dass sich auch Etrusker in Felsina aufhielten, worauf der Name Tanaquilla in den Inschriften deutet, doch war Felsina keine etruskische Gründung [3].

Calori [4] ist in seiner vortrefflichen Arbeit zu keinem positiven Resultate gelangt, welchen Völkern die Kurzköpfe und Langköpfe in Umbrien und Etrurien angehört haben. Der einzige Weg war eben der, dass, da die umbrischen Tafeln von Iguvium Japygier in Umbrien nennen, japygische Schädel, die dolichokephal sind, zur Vergleichung herangezogen würden. Für den illyrischen Ursprung der Urbevölkerung dieser Gebiete sprach auch die geometrische Ornamentik der Gefässe von Villanova.

---

[1] Fligier: Beiträge zur Ethnographie Kleinasiens, und Lagarde's gesammelte Abhandlungen. Leipzig 1866.

[2] Herodot VII, 73.

[3] Es ist interessant zu erfahren, dass die heutigen Bewohner Bolognas denselben Schädeltypus zeigen; der Brachykephalismus herrscht indessen jetzt mehr vor.

[4] Calori: Della stirpe etc. p. 616.

IX.

Die Anthropologie ist wohl nirgends auf so schwierige Probleme gestossen wie in Etrurien. Nach Baer [1]), R. Wagner [2]) und Pruner-Bey [3]), der die Etrusker für Semiten hielt, ist ihr Schädel dolichokephal. Auch Nicolucci [4]) hat das Vorherrschen der Dolichokephalen in Etrurien bemerkt. Andreas Retzius [5]), Lagneau [6]) und Vogt [7]) haben dagegen die Etrusker für Brachykephalen erklärt. Der sonst verdienstvolle Zanetti [8]) hat in Etrurien drei Typen gefunden, die auch wirklich nach den historischen Nachrichten sich dort vorfinden mussten und um die Confusion vollständiger zu machen, hat er noch dazu eine Verwandtschaft mit den Aegyptern entdeckt.

Wenn schon über die anthropologische Stellung der Etrusker so verschiedene Ansichten sich geltend gemacht haben, so bot die noch nicht entzifferte Sprache der Etrusker den subjectiven Ansichten der Forscher und — Dilettanten einen noch grösseren Spielraum für die sonderbarsten Conjecturen dar.

Der um die etruskischen Alterthümer und Sprachdenkmäler wohlverdiente Lanzi hielt die Etrusker wegen ihrer Religion für Pelasger.

Als der Versuch des gelehrten Stöckel [9]), die Sprache der Etrusker zu einer semitischen zu machen, misslang, suchten verschiedene Gelehrte dieselbe als eine arische zu erweisen; Bertani als Sanskrit, Wolański als Slavisch, Ellis sogar als Armenisch.

Pelloutier erklärte die Etrusker für Celten, desgleichen neuerdings Maack [10]). Einige dachten an die Basken, Rosellini und andere haben in den Etruskern Aegyptier gesehen, Nicolucci Lyder u. s. w.

Fabretti und einige italienische Historiker haben die Etrusker den italischen Stämmen beigezählt.

------

[1]) Bull. de l'Academie de St. Petersbourg 1859. I. 259.

[2]) Die craniologischen Elemente zur Begründung einer historischen Anthropologie. Göttingen 1862.

[3]) Bull. de la Société d'Anthropologie de Paris III. Mém. II.

[4]) Antropologia dell' Etruria. Napoli 1869.

[5]) Müller, Archiv 1855.

[6]) Bull. de la Société d'Anthropologie Tom. III.

[7]) Citirt bei Calori.

[8]) Archivio per l'antropologia e la etnologia. 1871. p. 166.

[9]) Stöckel: Das Etruskische durch Erklärung von Inschriften und Namen als semitische Sprache erwiesen. Leipzig 1858.

[10]) Maack: Die Entzifferung der etruskischen Sprachdenkmäler und deren Bedeutung für nordische Archäologie und für die Urgeschichte. 1873.

44

Hierauf hat Corssen trotz alles Scharfsinnes und aller Gelehrsamkeit, die auch von Deecke anerkannt worden ist, die Etrusker als Nahverwandte den übrigen italischen Stämmen vergeblich zuzuweisen gesucht. Wie sehr er im Irrthum gewesen ist, haben die Forschungen von Deecke erwiesen.

Deecke hat auf gewisse Analogieen des Etruskischen mit den finnischen Sprachen hingewiesen.

In der archälogischen Gesellschaft zu Berlin [1]) erklärte er, dass er die Verwandten der Etrusker bis nach Sibirien hin suchte, bemerkte doch zugleich zu unserer grossen Befriedigung, dass er sie noch nicht gefunden hätte. Es ist unglaublich, dass sich ein uraltaisches Volk zu einer solchen Bedeutung für die Cultur hinaufschwingen könnte, wie sie die Etrusker repräsentiren, während die Finnen die Benennungen für Culturwerkzeuge und mit den Benennungen auch die Gegenstände von ihren germanischen und slavischen Nachbarn entlehnt haben, und die übrigen ur-altaischen Völker noch jetzt auf der tiefsten Stufe der Cultur stehen.

Man mag nicht vergessen, dass in Europa eine Anzahl von Sprachen im Alterthume untergegangen ist. Schon die Menschen der Quaternärzeit, von denen sich Nachkommen sporadisch noch jetzt zeigen, waren wohl nicht homines alali. Von den Sprachen der Völker aus der neolithischen Epoche ist die ligurische, rhätische, euganeische und vielleicht noch andere untergegangen. Mit diesen Sprachen kann das Etruskische wohl eher verwandt gewesen sein, als mit den finnischen.

Wir müssen demnach behaupten, dass uns über die ethnologische Stellung der Etrusker nichts Positives bekannt ist. Noch immer hat also Dionysius [2]) von Halicarnassos Recht, wenn er sagt: Die Etrusker stimmen mit keinem anderen Volke in Sprache und Sitten überein.

So wie vor dem Erscheinen der Etrusker die Umbrer die Ebenen der Lombardei bewohnt haben und nach der Eroberung dieser Gebiete durch die Römer wiederum auftauchten, so war auch Etrurien nächst der pelasgischen Urbevölkerung von Umbrern bewohnt. Herodot [3]), Skymnos [4]), Plinius [5]) erwähnen Umbrer in Etrurien. Der Fluss Umbro, welcher Etrurien durchschneidet, kann

---

[1]) In der Vorrede zu Müller's Etrusker IX.

[2]) Dionys I, 30.

[3]) Herodot I, 94.

[4]) Skymnus 220.

[5]) Plinius III, 5.

nur von den Umbrern seinen Namen haben; auch lag eine Gegend Umbria daran. Cortona [1]) soll einstens umbrisch gewesen sein. Die umbrischen Sarsinaten [2]) sollen auch Perusia besessen haben u. s. w. Auf den etruskischen Inschriften [3]) kommen umbrische Namen vor. Es ist demnach erwiesen, dass Umbrer in Etrurien gesessen haben. Da nun dieselben brachykephal sind, so wird man wohl die etruskischen Brachykephalen den Umbrern beizählen müssen, wenn sich auch dieselben durch Vermischungen mit den Etruskern unmöglich rein erhalten konnten, was auch die Untersuchungen von Calori beweisen. Sie bildeten den kleineren Bruchtheil der Bevölkerung, nach Nicolucci 37%, nach Zanetti 23% der Gesammtbevölkerung Etruriens.

Für Nordetrurien müssen auch die brachykephalen Ligurer in Betracht gezogen werden, deren Sitze sich einstens bis nach Pisa gezogen haben sollen. [4])

Alle Dolichokephalen kann man nicht den Etruskern beizählen, da auch illyrische Stämme dort gewohnt haben. In den Kriegen des Aeneas sind die Falisker, Fescenniner, Capenaten unter Messapus mit den Latinern verbunden [5]). Da nun zwischen der Tiber und dem ciminischen Bergwald das Gebiet des Messapus lag, so ist es wahrscheinlich, dass dieses Gebiet überhaupt Messapien genannt wurde. Die Sagen von Aeneas sind dort ebenfalls so verbreitet, wie in allen illyrischen Gebieten. Aeneas erscheint bei Populonia, Pisa, Agylla, Tyrsener sind seine Bundesgenossen. Nach Stephan v. Byzanz gab es wirklich eine Stadt Aennea (in Sicilien heisst sie Enna) in Etrurien. Justin [6]) nennt die Falisker Colonisten der Chalcidenser, Plinius [7]) der Argiver. Das soll wohl nur so viel heissen, dass die Falisker gleicher Abstammung mit der Urbevölkerung Griechenlands gewesen sind; desshalb finden sich auch Sagen von Agamemnon [8]) in Falerii, dessen vorgriechischen Ursprung wir an einer anderen Stelle erwiesen haben. Als Stammvater der Falisker wird Halaesus genannt. Halesische Gefilde werden von Strabo [9]) in Mysien genannt, ein Fluss Halex zwischen Rhegium und Locri

---

[1]) Dionys I, 19 und 26.

[2]) Serv. zu Aen. X, 201.

[3]) Bei Calori p. 556.

[4]) Müller-Deecke: Etrusker p. 98 u. ff.

[5]) Verg. Aen. VII, 695.

[6]) Justin XX, 1.

[7]) Plinius IV, 8.

[8]) Aen. VII, 723. X. 352.

[9]) Strabo XIII, 1.

cfr. Halae in Boeotien und Attika. Dionys [1]) rechnet Falerii zu den alten Niederlassungen der Siculer. Nach Strabo sprach die Bevölkerung einen eigenthümlichen Dialect. Vergil nennt sie Aequi Falisci. Den Namen der Aequer haben wir bereits als einen illyrischen befunden. Wir können demnach mit Sicherheit behaupten, dass die Falisker gleicher Abstammung mit der vorgriechischen d. h. illyrischen Bevölkerung gewesen sind.

Pisa wurde schon im Alterthum mit dem peloponnesischen zusammengestellt [2]). Es ist bezeichnend, dass in der Nähe des peloponnesischen Pisa ein Fluss Arpinas genannt wird und im Volskerlande eine Stadt Arpinum.

Pisa hiess früher Teuta und die Bewohner Teutaner [3]). Durch den Namen der illyrischen Königin Teuta erweisen sich auch die Teutaner als Illyrier. Teutamides heisst der Vater des tuskischen Heros Nanas, unter dem die Pelasger nach dem Flusse Spinas kamen [4]). Teutamos, Teutamias, Teutamides war ein im thessalischen Larissa bekannter Sagen-Name [5]). Teutamos hiess auch ein Anführer der Pelasger auf Kreta [6]). Teutos hiess zur Zeit des Phalaris ein König im siculischen Uessa. Wenn Hellanikos die Tyrrhener oder Pelasger von Thessalien ableitet, so ist das sehr einfach. Süd-Etrurien und Thessalien waren ursprünglich von einer illyrischen Bevölkerung bewohnt. Die Pelasger sollen unter der Führung des Nanas nach Hesperien gelangt sein.

Nanas oder Nanos ist ein in der etruskischen Mythologie bekannter Heros, welcher in der einheimischen Tradition als ein herumstreifender Abenteurer vorgestellt wurde, der endlich auf dem cortonaeischen Berge, der Perge genannt wurde, sein Grab gefunden habe [7]). Nanas wurde mit Odysseus identificirt und gehört nicht den Etruskern an, wie Otfried Müller glaubt, sondern der pelasgischen Bevölkerung, denn Nannakos hiess ein uralter, vordeukalionischer König, auf den sich das Sprichwort ἀπὸ Ναννάκου bezog. Nanas und Nannakos sind offenbar gleichen Ursprunges. Ein anderer Name des Nanas war Uluxe. Dass die Etrusker diesen Namen von der pelasgischen

---

[1]) Dionys I, 21.
[2]) Serv. Aen. X, 179.
[3]) Serv. X, 179.
[4]) Dionys I, 28.
[5]) Apollodor II, 4. 4.
[6]) Diodor IV, 60, V, 80.
[7]) K. Otfr. Müller: Die Etrusker. Neu bearbeitet von Deecke. Stuttgart 1877. p. 87.

Bevölkerung übernommen haben, geht daraus hervor, dass auch die Siculer [1]) in Sicilien den Odysseus Οὐλίξης genannt haben. Die Sagen von Ulixes haben ihren Mittelpunkt im tuskischen Cortóna (auch Croton), das nach Steph. v. Byz. die Metropole der Tyrrhener gebildet hat. Corton und Cortona verhalten sich zu Orton im Gebiete der Trentaner an der apulischen Grenze [2]) und Ortona in Latium [3]) wie Arpi zu Carpi. Der cortonische Held Corythus, der in der Aeneis eine bedeutende Rolle spielt und einen Dardanus zum Sohne hat, erinnert an Corythus, einen Heros von Tegea, wo ebenfalls ein Dardanus vorkommt [4]). Cortona gehört somit den Pelasgern, d. h. Illyriern, ebenfalls an, wurde aber später umbrisch und zuletzt etruskisch. Eine Inschrift der Apollostatue, in der Gegend von Cortona gefunden, beweist, dass die Etrusker die Verehrung des Apollo (Apulu, Aplun) und der Artemis (Aritimi) [5]) nicht von den Griechen, sondern von den Pelasgern (Illyrern) Etruriens übernommen haben. Es ist ganz verfehlt, wenn man von dem Vorkommen hellenischer Culte in Etrurien auf hellenischen Einfluss oder gar hellenische Colonisation schliessen will. Ein grosser Theil der hellenischen Götterwelt ist vorhellenischen Ursprungs. Die Hauptgöttin der Sallentiner war Athena [6]). Apollo wird von Dionys I, 23 eine pelasgische Gottheit genannt.

In Aricia wurde die tauropolische Artemis ebenso verehrt, wie in Phokaea oder im Kimmerierlande. Strabo, V, 3, nennt den Tempeldienst dieser Göttin in Aricia einen barbarischen. Dort erscheint auch neben der Göttin Orest [7]), wie im Kimmerierlande. Den unhellenischen Ursprung der Pelopiden glauben wir schon früher erwiesen zu haben. Auch die in den Homerischen Gedichten verherrlichten Heroen sind nicht griechischen Ursprung. Ein bekannter illyrischer Heros war Diomedes. Von ihm soll das apulische Sipontum gegründet sein. In Arpi leiteten sich die daunischen Dasier von Diomed ab. Arpi und Salapia sollen von Diomedes gegründet worden sein [8]). Ebenso wurde er bei den illyrischen Venetern durch Pferdeopfer verehrt [9]). Auf den liburnischen Inseln

---

[1]) Plutarch, Marcell. 20.
[2]) Strabo V, 4.
[3]) Dionys X, 26.
[4]) Cfr. Dionys I, 68.
[5]) Corssen I, 626.
[6]) Strabo VI, 3.
[7]) Serv. Aen. II, 116, Hygia Feb. 15, 20.
[8]) Appian 6, Aen. 31. Sil. Pun. XIII, 132.
[9]) Strabo V, Eustath. 487.

48

wird eine Ansiedlung des Diomedes genannt [1]). In Dalmatien wird
ein diomedisches Vorgebirge angeführt [2]). In Latium, Ancona u. s. w.
fanden sich Culte des Diomedes. Es ist ersichtlich, dass Diomedes
der pelasgischen oder illyrischen Bevölkerung angehört, ebenso
auch Odysseus. Die Odyssee [3]) deutet schon auf Sagen von Odysseus
bei den Thesproten und zu Dodona hin. Auch in Italien erscheint
er in lauter Orten, die der pelasgischen Urbevölkerung angehören.
Sein Genosse Polites ist als Troer aus der Ilias bekannt, wird
auch als Gefährte des Aeneas angeführt; sein zweiter Genosse
Bajos erweist sich durch Bajae in Campanien und den Berg
Baja auf Kephallenia als Illyrier. Palinuros gehört nach Klausen [4])
den thracischen Minyern an. Mit Odysseus werden die Ausonier in
Verbindung gebracht, denn Auson wird ein Sohn des Ulysses und
der Calypso genannt [5]).

Als eine pelasgische [6]) Stadt wird ferner auch Caere oder
Agylla genannt, gegründet von dem Tyrrhener Telephus. Dionys [7])
nennt sie eine siculische, d. h. gleichfalls illyrische Stadt. Die Agyllaeer hatten in Delphi ein Schatzhaus. Wäre Agylla nur eine
phoenizische Factorei und die Agyllaeer Semiten, dann müsste ihre
Pietät für Delphi unerklärlich bleiben.

Der alte Name von Clusium Camers oder Camars [8]) erweist
sich durch Cameria, durch das sicilische Camarina und das kretische
Camara als der illyrischen Urbevölkerung angehörig. Die umbrischen
Camertes werden auch derselben Abstammung gewesen sein. Auch
Tarquinii [9]) heisst ursprünglich eine thessalische, d. h. pelasgische
Stadt. Ferner erinnert der Etrusker Caelius Vibenna an den Mons
Caelius in Rom und die Stadt Caelia in Japygien. Auch darin zeigt
sich der Einfluss der unterworfenen Bevölkerung, dass die Etrusker
von ihr auch Personennamen entlehnten.

Von Tarquinii und Pisa bis zur calabrischen Südspitze haben
wir eine Reihe pelasgischer, d. h. illyrischer Orte erwiesen. Da die
Griechen die Illyrier an den Küsten und auf den Inseln des aegaeischen Meeres auch Tyrrhener genannt haben, so ist es begreiflich,

---

[1]) Schol. Thuk. I, 12.

[2]) Müller, Orchom 297.

[3]) Od. XIV, 321. XVI, 65, 427, XVII, 526, XIX, 271—288.

[4]) Klausen I, 537.

[5]) Scymnos 230.

[6]) Vergil, Aen. VIII, 479 ; 600 Serv. ad VIII, 479.

[7]) Dionys I, 21.

[8]) Livius X, 25.

[9]) Justin. XX, 1.

dass sie auch, wie Dionysios [1]) lehrt, das ganze westliche Italien Tyrrhenien genannt haben. Noch heutzutage kommt in Albanien der Ortsname Tyrranea vor. Dass Illyrier im Nordwesten Kleinasiens gesessen haben, ist schon erwähnt worden. Die Zusammenstellung dieser kleinasiatischen Illyrier mit den Anwohnern des tyrrhenischen Meeres ist eine erklärliche und hat mit den Etruskern nichts zu schaffen. So hat auch Niebuhr [2]) gesehen, indem er sagt, dass der tyrrhenische Name auf die Etrusker übergegangen war, weil sie Tyrrhenien eingenommen hatten, und die Tyrrhener, welche nicht fortgezogen waren, beherrschten. Dass der Name der unterworfenen Bevölkerung oft auf die Herrscher übergeht, kommt bekanntlich öfters vor, wie z. B. die germanischen Angelsachsen oft nach den unterworfenen keltischen Briten benannt werden. Spätere Forscher haben, wie so oft, die richtigen Ansichten Niebuhr's übersehen, und über den Zusammenhang der Etrusker mit den Lydern sich unnützer Weise den Kopf zerbrochen. Sehr arg ist es, dass Pruner-Bey und Andere von dem Glauben ausgehend, dass die Lyder Semiten gewesen sind, was doch entschieden unrichtig ist, die Etrusker zu Semiten machen wollten.

Unter der Regierung des König Thotmes III., den man wegen der vielen glücklichen Kriege, den Grossen nannte, haben illyrische und thrako-phrygische Völker zum ersten Mal, wie es scheint, einen Einfall in Aegypten zu machen versucht, sie wurden aber zurückgeschlagen. In einer zu Karnak entdeckten Stele spricht der Gott Amon zu Thotmes:

„Ich bin da, ich lasse dich vertilgen, die da wohnen die in ihren Häfen, und Mâdenland erbebt in Furcht vor dir, — ich lasse sie schauen deine Majestät gleich dem Nilpferde, dem Herrn des Schreckens in den Gewässern; nicht kann man ihm nahen. —

Ich bin da, ich lasse dich vertilgen, die da wohnen auf den Inseln, die da im Herzen der Meerflut hausen, sie erreicht dein Brüllen — ich lasse sie schauen deine Majestät gleich dem Rächer, der auf dem Rücken seines Schlachtopfers steht.

Ich bin da, ich lasse dich vertilgen, die Tahennu; die Danaer gehorchen deinem Geiste — ich lasse sie schauen deine Majestät gleich einem wüthigen Löwen, der sich lagert auf ihren Leichen hin über ihre Thäler.

Ich bin da, ich lasse dich vertilgen, das Meergebiet, der Umkreis des grossen Seebeckens ist ergriffen von deiner Faust, — ich

---

[1]) Dionys I, 28.

[2]) Niebuhr: Römische Geschichte I, p. 41.

lasse sie schauen deine Majestät gleich dem Herrn des Flügels (dem Sperber), der mit einem Augenblinzeln erfasst, was ihm beliebt.

Ich bin da, ich lasse dich vertilgen, die da wohnen in ihren Lagunen." [1])

Die Mâden sind die thrako-phrygischen Maeder, in der mosaischen Tafel Madai. Die Tahennu (Danaer) gehörten der vorgriechischen Bevölkerung, die aus Thrako-Phrygern bestand, an. Unter Ramses dem Grossen erscheinen Dardaner, Masa (Mysier), Pidasa (Lycier), da Pedasus eine bedeutende lycische Stadt gewesen ist und Akerit (wahrscheinlich ein illyrischer Stamm, wie der Name der Stadt Acerrae und der in den unteritalischen Inschriften oft vorkommende Personenname Acerratius beweist. [2])

Takkaro, die unter Ramses III. erscheinen, sind wahrscheinlich Teukrer.

Asi und Kefa wurden von Thotmes besiegt. Die Kefa werden von Brugsch entweder nach Cypern oder Kreta versetzt. In den Asi ist leicht der in Kleinasien verbreitete Orts- und Personenname Asia, Asios, zu erkennen. Alle diese Völker haben auf den aegyptischen Denkmälern dieselbe Kopftracht [3]) und werden durch die Nordpflanze als nördlich wohnend bezeichnet.

Es war ganz verfehlt, dass man das hohe Alter des etruskischen Volkes aus den aegyptischen Inschriften erweisen wollte. Es existirt ferner eine hieroglyphische Inschrift von Karnak [4]), welche einen Bericht über den Einfall fremder Völker in Aegypten zur Zeit des Menephtah, des Nachfolgers des grossen Ramses enthält. Es scheint eine grosse Coalition verschiedener Völker zur Plünderung Aegyptens gewesen sein, denn sie bestand aus Libyern (Rebu), Tyrrhenern (Tursa oder Tuirsa), Siculern (Sakalas), Sardiniern? (Sartana oder Sardaina), Ausoniern (Uashashau), Akaios oder Akaiuesha und Leku. Die Letzteren waren Lycier und Karer, die ja gleicher Abstammung gewesen sind und Leleger genannt wurden. Dass die Karer vor den Hellenen das Meer beherrschten, ist aus Thucydides bekannt. Ebenso berüchtigt waren die Tyrrhener

---

[1]) Maspero: Geschichte der morgenländischen Völker im Alterthum, übersetzt von Pietschmann, Leipzig 1877, p. 206, und de Rougé: Etude sur divers monuments du règne de Toutmès III, découverts à Thebes par Mariette. Revue archéologique IV, 196 u. ff.

[2]) de Rougé: Extraits d'un mémoire sur les attaques dirigées contre l'Egypte par les peuples de la Mediterranée vers le XIV siècle. Revue archeol. XVI, p. 35.

[3]) Brugsch: Die Geographie der Nachbarländer Aegyptens, p. 78 u. ff.

[4]) Dümichen: Histor. Inschriften I, 1—4.

als Seeräuber im aegaeischen Meere. In einem Homeriden-Hymnos wird erzählt, dass tyrrhenische Seeräuber den Dionysus von der Küste wegfangen, um ihn nach fernen Ländern zu bringen. [1]). Diese Tyrrhener sind selbstverständlich von den Aegyptern gemeint. Wie man diese Tyrrhener zu Etruskern machen konnte, ist mir unbegreiflich. Die Tursa sollen auch diesen Krieg veranlasst haben, der für sie unglücklich ausgefallen ist. Unter Ramses III. erschienen die Tuirsa und Sakalas noch einmal und wurden zum zweiten Male besiegt. „Ich, spricht Ramses, ich war wie der kriegerische Month, ich stand vor ihnen und sie schauten die Gewalt meiner Hände. Ich, der König Ramses, handelte wie ein Held, der seine Stärke kennt und seinen Arm über sein Volk breitet am Tage des Handgemenges. Die, welche meine Grenze beschädigt haben, werden keine Ernte mehr auf Erden einbringen. Ihrer Seelen Zeit ist der Ewigkeit zugemessen ... Die da am Ufer waren, streckte ich lang am Wasser hin, niedergemetzelt wie in Beinhäusern. Ich liess ihre Schiffe umschlagen; ihre Habe fiel in's Meer." [2]) Dies mag am Beginn des 12. Jahrhunderts geschehen sein. Da die Aegyptier die Hellenen nach den Joniern benennen, und der Name der Achaeer sowie der achaeischen Helden der vorhellenischen Bevölkerung angehört, so haben hauptsächlich thrako-illyrische Völker diese Kriege mit den Aegyptern geführt.

X.

Illyrische Stämme haben somit die Balkanhalbinsel [3]) vor dem Erscheinen der Thracier und Hellenen, die Apenninen-Halbinsel vor dem Erscheinen der Umbro-Sabeller bewohnt. Von den Hellenen wurden sie Pelasger, d. h. die Alten genannt. Es gab eine Zeit, sagt Niebuhr [4]), wo die Pelasger damals vielleicht das ausgedehnteste aller Völker in Europa vom Padus und Arnus bis gegen den Bosporus wohnten, nicht als herumirrende Völkerschaften, wie die Geschichtschreiber es darstellen, sondern als fest angesessene, mächtige, ehrenvolle Nationen. Die Zeit liegt grösstentheils vor den Anfängen hel-

---

[1]) Hom. Hym. VI, 8—31.

[2]) Maspero p. 262.

[3]) Ich muss bemerken, dass ich das soeben erschienene und mit vieler Gelehrsamkeit geschriebene Buch von D'Arbois de Jubainville, Les prémiers habitants de l'Europe, Paris 1877, Dumoulin, wohl kenne, aber bei den sonderbaren Ansichten des Verfassers, dass die Tyrrheno-Pelasger Chamiten, die Liburner Libyer, die Siculer Ligurer, die Ligurer Aryer gewesen sind, nicht näher auf dasselbe eingehen kann.

[4]) Niebuhr: Römische Geschichte I, p. 56.

lenischer Geschichte. Als aber die Genealogen schrieben, da waren von diesem unermesslichen Volksstamm nur vereinzelte, auseinander gerissene, weit zerstreute Reste vorhanden, wie die von den keltischen Völkern in Spanien; Berghöhen gleich, die als Inseln hervorragen, wo Fluthen das niedrige Land in einen See verwandelt haben. Die sporadischen Pelasgerstämme schienen den griechischen Logographen nicht Trümmer und Reste zu sein, sondern Ansiedlungen. Wenn die Pelasger mit dem Beginn der historischen Zeit verschwinden, so hat dies in ihrer Umbildung zu anderen Nationen seinen Grund.

So hat Niebuhr gesehen. Nach Niebuhr und Carl Otfr. Müller[1] ist ein Rückschritt in der richtigen Auffassung der ethnologischen Verhältnisse Italiens und Griechenlands bemerkbar. Schon Schwegler wendet gegen Niebuhr ein, dass sich in Italien keine Pelasger erhalten haben und dass die italische Tradition von Pelasgern nichts weiss, als ob nicht die Siculer, Tyrrhener der italischen Schriftsteller mit den Pelasgern der Griechen identisch wären. In der römischen Geschichte von Theodor Mommsen fanden die Siculer keine Berücksichtigung und über die ethnologische Stellung der Japygier ist nichts Positives gesagt worden. Neuerdings hat Helbig, wie schon gesagt worden ist, die illyrische Herkunft der Japygier beinahe bis zur Evidenz erwiesen.[2] Dass die Japygier nur ein Zweig des grossen illyrischen Stammes gewesen sind, der ganz Italien mit Ausnahme der nordwestlichen ligurischen Gebiete vor den Umbro-Sabellern, bewohnt hat, hat er nicht gesehen.

So stark war die Macht der entgegengesetzten Ansicht, dass Helbig[3] die Folgerungen, welche sich aus dem von ihm gewonnenen Resultate ergeben, erst dann entwickeln will, wenn Urtheile competenter Fachgenossen über die Richtigkeit desselben verlautet haben werden. Eine Reihe von Angaben, welche die älteste italische Geschichte betreffen, müsste dann anders beurtheilt werden.

Der competenteste Fachgenosse ist schon Niebuhr gewesen, dessen Römische Geschichte Helbig leider zu wenig berücksichtigt hat.

---

[1] Otfr. Müller: Die Etrusker. Breslau 1828.

[2] Analogien zwischen dem Albanesischen und dem Japygischen haben Curtius (Bull. dell' Inst. 1859, p. 213) und Stier (Kuhn's Zeitschrift für vergl. Sprach-Forschung VI, p. 142) gefunden. Schuhardt hat auf Eigenthümlichkeiten der italienischen Sprache in Unteritalien, die sich auch im Albanesischen vorfinden, aufmerksam gemacht (Kuhn's Zeitschrift XX, p. 284).

[3] p. 288.

Die craniologische Stellung der Illyrier ist von uns bereits angegeben worden. Sie waren Dolichokephalen [1]). Dass es auch die Illyrier im Osten schon in vorhistorischer Zeit gewesen sind, scheint ein Fund am Dipylon zu Athen [2]) zu beweisen. Für das hohe Alter desselben spricht der Umstand, das er in der untersten von mehreren Gräberschichten gefunden wurde, und dass die Gefässe die vorgriechische, geometrische Ornamentik darbieten. Auch ein Schädel ist gefunden worden, der wunderbarer Weise sehr gut erhalten war; daneben lagen Gegenstände aus Bronce, Silber und Gold. Derselbe gehörte somit der vorgriechischen Bevölkerung aus der Broncezeit an. Nach den Untersuchungen Virchow's ist er dolichokephal und bietet eine auffallende Aehnlichkeit mit einem etruskischen Schädel von Corneto [3]) dar. Auffallend ist es, dass auch in Etrurien die geometrische Ornamentik sich vorfindet [4]).

In Attika werden als Urbevölkerung Pelasger und Tyrrhener genannt und nur diesen kann der Schädel zugezählt werden. Wenn nun auch Thrako-Phryger ausser diesen genannt werden [5]), so müssen dieselben brachykephal gewesen sein, da der Grundstock der heutigen

---

[1]) Es mag uns noch gegönnt sein, die Bedeutung der Illyrier für die italische Cultur mit wenigen Worten zu gedenken.

Die lateinische poetische Literatur beginnt bekanntlich mit den Apulern Ennius und Pacuvius. Dass in den Adern des Venusiners Horatius apulisches Blut floss, ist wahrscheinlich. Der Kaiser Antoninus, der Philosoph, leitete sein Geschlecht von Ennius ab. — Der Schädel Petrarca's gehört der dolichokephalen Bevölkerung an (der Index ist 74, 07). Nach Canestrini (Le ossa di Francesco Petrarca. Studio antropologico di Giovanni Canestrini) soll es der etruskische (?) Typus sein. Petrarca wäre demnach gleicher Abstammung mit dem Arretiner Maecenas und dem Volaterraner Persius.

Der Schädel Dante's ist, wie ich aus einer freundlichen Mittheilung Mantegazza's entnehme, von so ungeübten Personen gemessen worden, dass die Messungen werthlos sind.

Es ist nur Ugo Foscolo, der Verfasser der Ultime Lettere di Jacopo Ortis, der Sänger der Sepolcri, der den brachykephalen Umbro-Sabellern beigezählt werden kann. (Mantegazza. Il cranio di Ugo Foscolo. Archivio per l'antropologia 1871, p. 305.)

Der illyrischen Urbevölkerung Italiens gehört auch der Volsker Marcus Tullius Cicero an. Die Volsker gehörten der illyrischen Urbevölkerung an. Marcus ist, wie wir schon gesehen haben, ein japygischer Name. Tullius stellt sich zu Tullus Hostilius, dem Könige aus dem Stamme der Luceres.

[2]) G. Hirschfeld: Vasi arcaici ateniensi. Lettera ad Conze Annali dell' Instituto di corrispondenza archeologica 1872. p. 131.

[3]) Bastian's Zeitschrift für Ethnologie. Berlin 1871. p. 152.

[4]) Conze: Zur Geschichte der Anfänge griechischer Kunst. 1873. p. 241.

[5]) Fligier: Zur praeh. Ethnologie der Balkanhalbinsel. p. 35.

Rumänen (der eigentlichen Thraker), so viel geht nämlich aus den Forschungen Kopernicki's und Weisbach's hervor, aus Brachykephalen besteht. In dem Bergwerke von Laurion, das zur Zeit des Themistokles bearbeitet wurde, sind zwei Schädel gefunden worden, die ausgemacht brachykephal sind [1]); darüber können wir uns nicht wundern, da Thrako-Phryger nächst den Illyriern (Tyrrheno-Pelasgern) von uns als Urbevölkerung Attikas erwiesen wurden.

Sollte man dagegen einwenden, wie es auch Virchow thut, dass sie vielleicht Sklaven angehört haben, so gehörten dieselben fast durchgängig Thraciern an. Nach Suidas hiess die Sklavin bei Aristophanes Θρ,άττα, d. h. Thracierin, in der neueren Comoedie nannte man den Sklaven einen Geten oder Dacier. Die Dacier und Geten waren bekanntlich thracische Stämme. Eine andere Bezeichnung für Sklaven oder auch Söldner war Τράλλεις. Dieselben waren nach Hesych Thracier. Unter den altgriechischen Schädeln, die in ihrer bedeutenden Mehrzahl dolichokephal sind, finden sich auch Brachykephalen. Nach Nicolucci [2]) bildeten sie 7 Procent der altgriechischen Bevölkerung, jetzt bilden sie 14 Procent, was durch die Beimengung des slavischen Blutes erklärt wird.

Im Peloponnes und auf den Inseln herrscht noch jetzt der dolichokephale Typus vor. Nicolucci zählt die Brachykephalen sehr richtig den Urbewohnern bei. Es waren Nachkommen der einst durch ihre Gesangskunst berühmten Thraker Griechenlands. Sogar in den plastischen Kunstwerken der Hellenen sind diese beiden Schädeltypen bemerkbar. Die ideale Schönheitsform wird durch die Dolichokephalen dargestellt. Der Kopf des Apollo, des Gottes der Poesie, und der Aphrodite [3]), der Göttin der Schönheit, sind dolichokephal. Herkules, der Heros der Körperkraft, ferner Faunus sind immer brachykephal. Während Demosthenes nach Quatrefages [4]) mit dolichokephalem Schädel dargestellt ist, zeigt dagegen Sokrates den brachykephalen Typus. Alexander d. Gr., ein Macedonier, d. h. Illyrier von Herkunft, dessen Mutter Olympias eine epirotische Prinzessin war, zeigt wiederum den dolichokephalen Typus, wie alle Illyrier.

Die Hellenen, Illyrier, Kelten und Germanen gehören den dolichokephalen Aryern an, die Umbro-Sabeller, Thracier (Rumä-

---

[1]) Virchow in der Versammlung der deutschen Gesellschaft für Anthropologie zu Wiesbaden. 1873. p. 53.

[2]) Nicolucci, Antropologia della Grecia. Napoli 1867.

[3]) Nach Broca ist es ganz besonders die Aphrodite von Milo.

[4]) Bulletins de la Société d'Anthropologie de Paris 1868. p. 24.

nen), Slaven und Litauer sind brachykephal. Die asiatischen Aryer, nämlich die Inder, Erânier, Armenier können einstweilen nicht in Betracht gezogen werden, da in ihnen zu viele allophyle Elemente enthalten sind und der reine arische Schädeltypus dort noch nicht festgestellt worden ist.

Dass die heutigen Nachkommen der Kelten und Germanen mit breitköpfigen Völkern stark gemischt erscheinen, ist selbstverständlich. Das südwestliche Europa war schon in neolithischer Zeit vor dem Erscheinen arischer Völker von zahlreichen Völkern bewohnt. Es ist evident, dass dieselben nicht verschwinden konnten, sondern dass sie von den Aryern amalgamirt worden sind.

Es entsteht nun die Frage, ob man annehmen kann, dass die Aryer ursprünglich eine lang- und breitköpfige Bevölkerung gebildet haben. Wir glauben diese Frage mit aller Entschiedenheit verneinen zu müssen. Es ist nur anzunehmen, dass die Aryer in grauer Vorzeit neben oder zusammen mit einem anderen Zweige der mittelländischen Race gewohnt haben, der sich die mehr entwickelte arische Sprache angeeignet hat. Freilich muss das zu einer Zeit stattgefunden sein, in welcher die Aryer noch ein Volk gebildet haben.

So wie die heutigen Franzosen zum grösseren Theile aus arischen Kelten und an-arischen Ligurern bestehen, von denen die letzterern schon im Alterthume die arische Sprache der Kelten angenommen hatten [1]), und jetzt wiederum sich einer anderen arischen Sprache bedienen, ebenso haben die Aryer schon in grauer Vorzeit ihre Sprache mit an-arischen Völkern getheilt.

Dass vermöge der jedenfalls verschiedenen geistigen Begabung beider Stämme Unterschiede in der Sprache sich bald bemerkbar machen mussten, sehen wir am besten an den Nachkommen der alten Ligurer, Galliens, deren langue d'oc bei gleichem Ursprung sich doch bedeutend von der Sprache der romanisirten Kelten unterscheidet.

Ob nun die Aryer ursprünglich dolichokephal oder brachykephal gewesen sind, wird wohl nie entschieden werden.

---

[1]) Cuno, im Rhein. Mus. f. Phil. 1873.